Illustration:NAJI yanagida

転生したら
ドラゴンの
卵だった
～最強以外
目指さねぇ～

転生したらドラゴンの卵だった

13

~最強以外目指さねぇ~

猫子 Necoco

ILLUSTRATION
NAJI柳田

オネイロス〖イルシア〗

本作の主人公。転生したら卵の姿だったものの、必死のLv上げのかいあって順調に進化を遂げ、ついにランクLの頂にたどり着いた。明るく前向きだが、優しすぎる性格が玉に瑕。

リリクシーラ
人間の未来のために人間であることを捨ててイルシアに挑んだ“救国の聖女”。
ヴォルク
“竜狩り”と呼ばれる凄腕の剣士。黒蜥蜴、アトラナートと共に元の世界に取り残されてしまう。
トレント
イルシアに命を与えられた心優しき木偶モンスター。神の声によって箱庭に閉じ込められてしまう。
アロ
イルシアに命を与えられたアンデッドの少女。神の声によって箱庭に閉じ込められてしまう。
神の声
世界を消滅させるためにイルシアたちを戦わせてきた張本人。

これまでのあらすじ

〖神聖スキル〗を懸けた聖女
リリクシーラ一行との戦いは混戦を極めていた。
剣士ヴォルクは最強の剣士と呼ばれる悪食家ハウグレーを相手取るが、
世界の法則の隙間をついたバグ技に苦戦。
しかし、ヴォルクは何度も攻撃を受けながらも
天才的な技量と超人的な体力でついにハウグレーに追いつき、一瞬の差で打ち倒した。

一方、リリクシーラとの戦いにおいても有利に動いていたイルシアだったが、
目的達成のための犠牲を厭わないリリクシーラは
人間と魔物の境界を破壊する魔法スキルを自らに使い
蛇の半身を持つ異形の人間へと姿を変えた。
人間であることをやめたリリクシーラはイルシアに対して猛攻を繰り広げ、戦況は一進一退を繰り返す。
そこへ一匹の飛竜と女騎士アルヒスが駆けつける。
この戦況下において、ただの人間であるアルヒスは正直言って邪魔にしかならない。
そう判断したリリクシーラは、無情にも親友であるアルヒスを斬り捨ててしまった。
しかし、そこからリリクシーラの堅実な戦い方に綻びが生じ、
その綻びはこの戦況下で明確な差となる。

リリクシーラとの戦いの後、イルシアの脳内にいつもの“あの声”が響く
【おめでとう、イルシア。】
【最後の外敵を打ち倒し、ついには表の世界の王になった。】
【最早、キミに敵う存在など、この地上のどこにもいやしない。】
そうして姿を現したのはこの世界の創設者の一人であり、
この世界の破壊を狙う〖神の声〗張本人で……。

CONTENTS

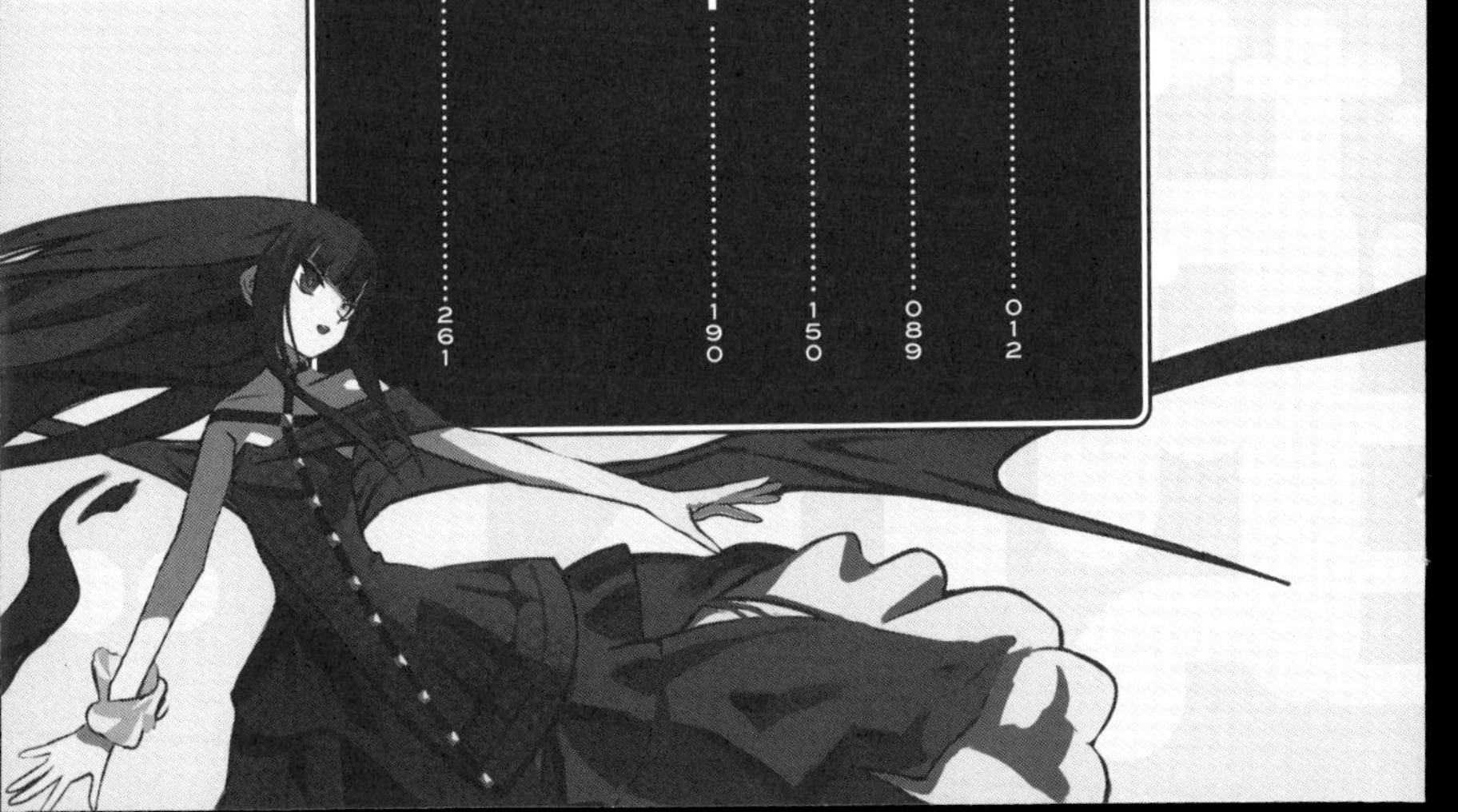

第1話　謎の森と幸運の毛玉

1

俺はアロ、トレントと顔を突き合わせ、今後の動き方について話し合いを行った。

神の声の奴は、俺をこの奇妙な巨大樹の並ぶ、不気味な森の中へと転移させた。アロとトレントは、俺の巻き添えとなる形で、この森へと飛ばされて来てしまった。

ヴォルクや黒蜥蜴達《くろとかげたち》のいる世界は、神の声の放った出鱈目《でたらめ》な強さの四体の『スピリット・サーヴァント』によって大混乱になっていることだろう。ヴォルク達の状況と、そして神の意図の憶測について、アロとトレントに簡単に説明することにした。

『……どうにか力をつけながら、ここから出る術を模索するしかねえんだ。神の声は元々、何千万人……いや、何百億人殺してるか、わからねぇ奴だ。アイツは世界を滅茶苦茶にすると言ったなら、本気でそれを実行しかねねえ』

元々一代前の勇者ミーアの時代でも、大国を中心に神聖スキル持ちを散々いいように操って、戦争を繰り返させていたような奴だった。一刻も早く戻りてぇが、今の俺の力では神の声の『スピリット・サーヴァント』達には敵《かな》わねえ。レベルを上げて……できれば進化の術をどうにか身に付けて、それからこの世界を脱出する必要がある。

……そしてどこかで、余裕振ってやがる神の声の油断を突いて、奴の思惑から外れなければならない。そうしなければ、結局はアイツにいいように利用され、それから処分されることは明白だからだ。

これが最大の課題だが、今は情報が少なすぎるし、何より余裕もなさすぎる。目の前の目的から片付けていくしかねえ。

『きっと、外に出る手段はあるはずだ。俺がレベルを上げてここを出るなら、あの忌まわしい奴の想定通りのはずだからよ』

俺は巨大な木が並ぶ地を見回す。果てしなく、一定間隔で巨大な歪《ゆが》んだ木が並んでいる。その奇怪な光景を、月が怪しげな青色で照らす。じっと眺めていたらおかしくなりそうになってくる。

「でしたら、とにかく探索してみるしかありませんね。ここを出る術《すべ》を探すにも、力を手に入れるにも……」

アロが怪しい森を眺めながら言う。アロの提案に、トレントがぶるりとその巨体を震わせた。

『こ、この森を、探索……ですか』

『ビビる気持ちはわかるが、じっとしてたら、元の世界がどうされてんのかわかったもんじゃねえ。

とにかく調べてみるしかねえんだ』

『わわ、わかっておりますぞ……』

トレントからちょっと頼りない反応が返ってきた。トレントはおどおどとしたように大きな幹を微《かす》かに傾け、そうっと周囲の光景を確認する。それからまた、ぶるりとその巨体を震わせた。……だ、大丈夫なのだろうか。

今のトレントの様子を見ていると、前の戦いでアルアネ相手に一対一で戦いを挑んで見事勝利を果たした、というのがどうにも胡散臭《うさんくさ》く思えてきてしまう。

しかし、アロもアトラナートも口を揃《そろ》えてそう言っているのだ。アロだけであればトレントのために気を利かせて妙な出鱈目を口にすることもあるかもしれないが、アトラナートは絶対にトレントを立てるためにこの手の嘘《うそ》を吐《つ》くようなことはしないだろう。

「トレントさん、アトラナートも、きっと今大変なことになってる」

『そ、そうですな。私が、私がしっかりせねば……！』

トレントがぐぐっと幹を張り、己を奮い立たせる。

『俺は思うんだが……そこまで凶悪な魔物はここでも出てこねぇかもしれねぇ。元々神の声は、自由に伝説級の魔物を造り出す力なんざ持っていねぇはずだ。んなことができたら、苦労して俺を造り出す必要自体なかったんだからよ』

そう、神の声が自在に伝説級の魔物を造り出せるのならば、ここまで手の込んだことをする必要なんざねぇはずだ。〖スピリット・サーヴァント〗で俺と同格以上の奴を続々と召喚してきたのには脅かされたが、〖スピリット・サーヴァント〗は〖スピリット・サーヴァント〗になった時点で成長が止まっているのだ。そこからレベルが変動しなくなる。確か、ベルゼバブやエルディアのステータスを覗《のぞ》いたとき、レベルの横にそれを示唆するような奇妙な表記が生じていた。

神の声が俺と同格の魔物を何体も用意できるわけがない。それができるのであれば、そもそも俺なんかいらないはずだ。

『なるほど……この森はちょっとおどろおどろしくて不気味ではありますが、主殿にとっては格下の相手しか出てこない可能性が高いということですな。ということはつまり、主殿に全て任せておけば、ひとまずは安全にここは乗り越えられるのですね……』

トレントがほっと安堵《あんど》の息を、木に空いた口に似た空洞から漏らしていた。どうにも消極的で頼りない。……ほ、本当にトレント、単騎であのアルアネを倒したんだよな？

『と、調査を進める前に、やっておかなきゃならねぇことがある。もっと様子を見て慎重に動きたかったが、それじゃ間に合わなくなっちまうかもしれねぇからな』

「やっておかないといけないこと……ですか？」

アロが不思議そうに俺の言葉を復唱した。

『ああ』

俺は頷《うなず》き、トレントへと目を向けて〖ステータス閲覧〗を行う。

種族：タイラント・ガーディアン
状態：呪い
Ｌｖ　：66/85
ＨＰ　：748/748
ＭＰ　：309/309

トレントはリリクシーラとの戦いの前から比べて【Ｌｖ：54／85】から【Ｌｖ：66／85】へと上がっていた。

トレント達は俺のスキル『魔王の恩恵』の効果により、経験値の取得が倍になっている。

【特性スキル『魔王の恩恵』】
【魔物の王として、自身に仕える者の潜在能力を引き出すことのできるスキル。】
【配下の魔物の進化上限を引き上げることができる。】
【また、自身よりもランクの低い配下の魔物の取得経験値量を倍増させる。】

しかし、俺は『歩く卵』と『竜王』の効果があるので、取得経験値は常に四倍になっている。俺に比べればレベルはかなり上がり辛《づら》いはずだ。

そんな中、レベルを一気に十二も上げたのだ。これこそ、トレントが命懸けでリリクシーラの配下と戦ってくれた何よりの証《あかし》であった。

『……改めて、ありがとうな、トレント』

俺は前足で、軽くトレントの幹を撫《な》でた。

『レベル、すげぇ上がってるよ。いっつもトレントは不安そうだけど、お前は強い奴だ。俺が保証するぜ。ステータスどうこうってだけじゃなくて、心の中に、本当に必要な時に全力で頑張れる熱いものを持ってる。この調子なら、次の進化もすぐできちまうだろう』

『あ、主殿……！』

トレントがぶるりと幹を震わせる。

「りゅっ、竜神さま！　私は！　私は！」

アロがせっせと両手を掲げて俺へとアピールする。

『あ、ああ、アロは……』

……アロは戦いの前から、かなりレベルが高かった。あの域まで上がったら、ちょっとやそっとじゃレベルが上がらなくなる。

アルアネに止《とど》めを刺したのはトレント一人という話だ。今回アロのレベルは、あまり上がってはいないかもしれない。

名前：アロ
種族：レヴァナ・リッチ
状態：呪い
Ｌｖ　：85/85（MAX）
ＨＰ　：729/729
ＭＰ　：750/750

リリクシーラとの戦いの前から比べて【Ｌｖ：80／85】から【Ｌｖ：85／85】へと上がっていた。

『さ、最大レベルじゃねぇか！』

五きっちり上がっているとは思わなかった。聖騎士との戦いではアロの魔法がかなり役立ったはずだ。そういうところが響いているのだろうか。

「本当？　竜神さま、私も、私も褒めて！」

『ああ、アロもよくやった！　これで進化だってできるはずだ！』

アロの進化上限は『魔王の恩恵』の効果で取り払われていた。これでA級の魔物になるはずだ。そうなったら一気に戦力が増すし、スキルによっては変わった動き方ができるようにだってなるかもしれない。

「頭、頭撫でて！　トレントさんにしたみたいに！」

アロが両腕をぱたぱたと上下させる。

『ア、アロは小さいから、ちょっと難しいかな……押し潰しちまいそうで、不安になるというか……』

俺は前足の指を一本だけ伸ばし、先端をぷるぷるさせながらアロへと慎重に伸ばした。アロは得意げな顔で、ちょっと照れたように目を瞑《つぶ》り、顔を前に出していた。

『主殿、私の進化はいつ頃になりそうですかな……』

トレントが俺達の盛り上がり様を見て、ちょっと寂しそうに尋ねてきた。……自分にスポットライトが当たったと思いきや、アロの進化に一気に俺が引っ張られてしまったので切ないのかもしれない。わ、悪い、トレント……。

『だ、大丈夫だ、すぐ進化できるはずだ、すぐに』

『すぐとは、いつですか……？　何戦後ですか？』

『ここの魔物も見てねぇから、そんな具体的にはちっとわからねぇかな……』

……少し拗《す》ねた様子のトレントを宥《なだ》めてから、早速アロの進化を行うことにした。

『一時的にレベルが下がっちまうから、この未開の地を歩くのに不安がねぇわけじゃないんだが……いいんだな？』

「少しでも竜神さまの助けになれるように、ちょっとでも早く強くなりたいです！　それに、竜神さまが守ってくださるのなら、何の不安もありません！」

俺が尋ねると、アロが力強く頷いた。

『ああ、任せてくれ』

信頼には報いなければならない。こんな場所で手頃な魔物が本当に出てくるのかは怪しいところだが……いざとなったら過去にやったように、近くのものを『フェイクライフ』で魔物化してレベリングするという手段もある。

ある意味で、『フェイクライフ』で生み出した魔物はアロやトレントの兄弟みたいなもんだ。殺すために生き物を作るっつうのはあんまりやりたい手段じゃねえが、アロ達の安全のためには手段を選んじゃいられねぇ。

アロの進化はこれで五回目になる。F級の『ワイト』からE級の『スカル・ローメイジ』D級の『レヴァナ・メイジ』、C+級の『レヴァナ・ローリッチ』、そして現在の姿であるB+級の『レヴァナ・リッチ』だ。次はA級といったところか。多分、+は付かねぇだろう。

A級とA+級はステータス面で差が大きい。できればA+級が来てくれれば、とは思うがその可能性は低い。見かけてきた数も、A級とA+級では、通常のA級の方が圧倒的に多い。

俺はアロと向かい合う。『フェイクライフ』によって生まれたアロの進化には、『フェイクライフ』を撃つ必要がある。

アロは目を瞑り、垂らした腕でぎゅっと握りこぶしを作った。トレントは幹や枝を落ち着きなく揺らし、ハラハラとした様子でアロを見守っていた。

「グゥオオッ！」

俺は吠える。〘フェイクライフ〙の黒い光が、アロへと纏《まと》わりついていく。

そのとき、黒い光は螺旋《らせん》を描くようにアロへと結びつき、彼女へと吸い込まれていった。

俺は息を呑《の》む。今まで、こんなことは起きなかった。

光がアロに吸い込まれ切った。アロは瞑っていた眼を開く。

瞳の色が、赤と金のオッドアイに変化していた。纏っていた衣服が、黒いドレスのように変わっている。


【〘ワルプルギス〙：A＋ランクモンスター】

【〘不滅の魔女〙と恐れられるモンスター。】

【朧気《おぼろげ》な存在であり、首を切られても、心臓を貫かれても死ぬことがない。】

【世界の各地を影から支配する、外法によってリッチとなった者達の女王であると言い伝えられている。】

エ、A＋ランクモンスター!?
ってことは、俺のほとんどすぐ下じゃねぇか！

今のアロがレベルを上げれば、Aランクモンスターであったセラピムやエルディア、カオス・ウーズなんかよりも強くなるってことか……。

首刎《は》ねられても、心臓潰されても死なねぇのか。

……なかなか物騒な物言いだが、これまでも既に怪しかった気はするが……。

名前：アロ
種族：ワルプルギス
状態：呪い
Ｌｖ　：1/130
ＨＰ　：49/49
ＭＰ　：750/1168
攻撃力：325
防御力：263
魔法力：888
素早さ：291
ランク：Ａ＋
特性スキル：
【グリシャ言語:Lv4】
【アンデッド:Lv--】【闇属性:Lv--】
【肉体変形:Lv9】【死者の特権:Lv--】
【土の支配者:Lv--】
【悪しき魔眼:Lv7】
【アンデッドメイカー:Lv--】
【石化の魔眼:Lv7】
【飛行:Lv1】【不滅の闇:Lv--】
【不吉な黒羽:Lv--】
耐性スキル：
【状態異常無効:Lv--】
【物理耐性:Lv8】【魔法耐性:Lv6】
【物理半減:Lv--】
通常スキル：
【ゲール:Lv8】【カース:Lv6】
【ライフドレイン:Lv7】
【クレイ:Lv7】【自己再生:Lv8】
【土人形:Lv7】
【マナドレイン:Lv8】
【未練の縄:Lv6】【亡者の霧:Lv6】
【魅了:Lv6】【ワイドドレイン:Lv6】
【ダークスフィア:Lv6】
【吸血:Lv7】【デス:Lv7】
【ミラージュ:Lv7】
【黒血蝙蝠:Lv7】【暴食の毒牙:Lv1】
【暗闇万華鏡:Lv1】
称号スキル：
【魔王の配下:Lv--】
【虐ろの魔導師:Lv8】
【朽ちぬ身体:Lv--】
【アンデッドの女王:Lv--】
【不滅の魔女:Lv--】
【最終進化者:Lv--】

め、めっちゃスキル増えてる……！

つーか、なんだこのピーキーなステータスは。魔法力が極端に高いのは今まで通りだが、ＨＰがクソ低い代わりにＭＰがとんでもないことになっている。ＨＰの二十三倍あるＭＰなんて初めて見た。

こ、これ、大丈夫なのか？　何かの拍子にＨＰがゼロになっちまったりしねぇか？

気になる特性スキルは〖不滅の闇〗、〖不吉な黒羽〗か。〖飛行〗が増えているのは〖不吉な黒羽〗との関係なんだろうか。


【特性スキル〖不滅の闇〗】

【その身体の本質は闇であり、魔力である。】

【魔力がある限り、魔女は滅ぶことはない。】

【ＨＰが尽きたとき、ＭＰを消費して自動的に再生する。】


な、なるほど……。これがあるから実質ＨＰ＝ＭＰみたいなもんか。躓《つまず》いてＨＰがゼロになるような珍事は警戒しなくてよさそうでほっとした。


【特性スキル〖不吉な黒羽〗】

【背から黒翼を生やすことができる。】

【黒翼の羽は見かけより硬く、攻撃や守りに使うこともできる。】


ほほう……翼を生やせるのか。〖飛行〗とセットなので、きっと飛ぶこともできるはずだ。なんだか格好よさそうだ。後でちょっと見せてもらおう。

通常スキルで気になるのは〖黒血蝙蝠《こくけつこうもり》〗、〖暗闇万華鏡〗、〖暴食の毒牙〗、か。これも確認しておこう。


【通常スキル〖黒血蝙蝠〗】

【己の血から『ブラッドバッド』を造り出すことができる。】

【『ブラッドバッド』とは視覚を共有する。】

【MPの消耗は激しいが、『ブラッドバッド』を取り込めば消費MPの大半を回収することができる。】

おお……！　これもなかなか偵察などに使いやすそうだ。

ベルゼバブの放っていたハエみたいなもんだろう。……取り込むっつうのが、どういう感じになるのかちっと気になるところだが。

【通常スキル『暗闇万華鏡』】

【魔力を用いて自我を持つ己の分身を生み出すことができる。】

【MPの消耗は激しいが、分身体を取り込めば消費MPの大半を回収することができる。】

な、なるほど……。これは『黒血蝙蝠』の自分の分身版みたいなものらしい。……取り込むって、なんかグロテスクな気がするんだが大丈夫なんだろうか。

【通常スキル『暴食の毒牙』】

【身体全身を開いて巨大な口となり、目前の相手へと喰《く》らいつく。】

【噛《か》みついた対象からHPとMPを奪い、多種の状態異常を付与する。】

……強そうだが、巨大な口……？　身体全身を開く……？

…………深くは考えねぇ方がいいかもしれない。

「ど、どうですか、竜神さま！」

アロがぎゅっと両手に握り拳を作り、そう尋ねてくる。俺は大きく頷いた。

『A＋ランクだ！　やったなアロ！』

「本当ですか！」

アロが顔を輝かせた。

『ああ！　この森の探索がてらに、新しい力を見せてくれ！』

「任せてくださいっ！　これで竜神さまの足を引っ張ることはないはずです！」

トレントはアロの嬉しそうな様子を、やや不安げに眺めていた。

『あっ、主殿！　は、早くレベル上げに向かいましょう！』

そ、そんなに焦らなくても……。元の世界がどうなってるのかわからねぇから、急いだ方がいいのは間違いねぇんだけどよ。

2

俺はアロと木霊化したトレントを乗せ、一直線に真上へと、空高くに飛んでいた。

まずは細かい探索よりも、この謎の世界の一帯をしっかりと観察することが大事だと思ったのだ。

地上から見ているだけでは永遠に同じ風景が続いているようにも思えたが、空から見ればその考えも変わるはずだ。

　空は青い月に照らされ、不気味な光を帯びていた。奇妙な暗雲が覆っているように見えるが……どこまで飛んでも、まるで近づけている気がしない。チラリと下を見てみるが、延々と不気味な巨大な木が続いている。

『なんなんだよ……この気味の悪い場所はよ』

　どこぞに魔物がいるのかもしれねぇが、木が邪魔で下の様子も上手《うま》く見えやしない。もしかしたら、本当に無限にこの不気味な森が続いているのかもしれねぇ。

『あああ、主殿……そろそろ降りませんか!?　ここ、この高さからもし落ちれば、私やアロ殿ではきっとひとたまりもありませんぞ！』

　この森特有の俺よりデケーあの変な木が、今や米粒ほどの大きさに見えていた。かなりの高さまで来ていることだろう。だが、ここまで飛んでも、一面に同じ光景が広がっているようにしか見えないのだ。

『……もしかしてここから『メテオスタンプ』やったら、神の声でもぶち抜けるんじゃねぇのか？』

『主殿ぉ!?　わっ、私はもう降りますぞ！　降ろしてください！』

『わ、悪い悪い、勿論冗談だからな』

　俺は言いながら、ぐぐっと首を伸ばした。

　本当に無限に同じ森が広がっていやがるのなら、この空間から出る方法があるのかどうかだって疑わしい。

ずっと目を瞑ってきたが、元々この世界は変だ。モンスターにレベル、ステータスに進化……そして、神というにはあまりに限定的で制約を負った、不完全で歪《いびつ》に見える神の声。気にしても仕方ないことだと思っていたが、あんな世界が実在しているのだから、ここが不気味な森が無限に続いているだけの空間だったとしてもおかしくはない。

神の声の性格なら、ここから抜け出す手段がない、なんてこともあり得る。俺が必死にここから逃げ出して、表の世界の奴らを助けに行くことを夢見てレベル上げを続けて、いずれ死んでいく……。仮にそうだったとしても、神の声の『自身に近い強さを手にした個体を観測する』という目的は果たされるのだ。

『……ネガティブなこと考えててもキリがねぇな。他に道がねぇんだから、今は都合よく考えて、とにかく全力でやってみるしかねぇか』

ふとそのとき、視界の果ての果てに、巨大な塔らしきものが立っているのが見えた。俺はその不自然な存在に目を疑った。

巨大……であることには間違いない。遥《はる》か彼方《かなた》なのにも拘《かかわ》らず、しっかりと見つけることができたのだから。

ただ、その塔は……恐ろしく、縦長なのだ。森から生えており、その先は天を貫く。どれだけ見上げても、果てが見えなかった。

土色をしており、一面に魔物を象《かたど》ったような模様が無数に描かれている。まるで、本当に完成しちまったバベルの塔って感じだな。

本当に神話の通りなら、あの先に神の声がいるんだろうか？　あいつにこっちから会いに行ったところで何かいいことがあるとは思えねぇし、元の世界に戻してくれると助かるんだけどな。

「りゅ、竜神さま、あれは……？」

アロが困惑気に俺へと声を掛ける。

『……わからねぇが、あそこを目指してみるしかねぇみたいだな。かなり距離がありそうだが、今の俺なら飛んで向かえばそこまで時間は掛からねぇはずだ』

本当にこの世界は、無限に続く巨大な木に、天を穿《うが》つ巨大な塔と、とんでもねぇものを次々に見せてくれる。どちらも初めてアダムを目にしたとき以上の衝撃だった。

『もう何見ても驚かねぇよ。この不気味な光景で、一生分驚いちまった気分だ』

『あ、主殿、とりあえず降りませぬか……？』

トレントが声を震わせながら俺へと尋ねる。

「トレントさん、高いところ苦手……？」

『べっ、別に、高いところが苦手というわけではありませんぞ！　これまでどれだけ主殿に、空を旅させていただいたか！　しかし、こう、ここまでの高さは未知と言いますか……！』

アロの言葉に、トレントがムキになって返す。

俺は下を見る。確かに俺もちょっと、足にぞくりと感覚があった。ここで攻撃を受けて翼を失ったら、なんてことは考えたくねぇ。

「……トレントさん、可愛い」

『つ、翼を得たアロ殿には、私の気持ちはわからないでしょうな！』

トレントが腕代わりの小さな羽をぺちぺちと揺らす。一応あれでも飛べることは飛べるはずだが……まあ、ちょっと信用できねぇか。

俺の頭に、大木状態のトレントに大きな翼が生えている姿が過《よぎ》った。……ぜ、絶望的に似合わねぇな。外見がシュール過ぎる。アダムと同じ枠の生物になりそうだ。

『……主殿、失礼なことを考えてはおられませんか？　私は主殿の考えは、薄《うっす》らとなら【念話】で拾えるのですぞ』

『わ、悪い……』

トレントのためにもとっとと降りるか……と思ったとき、アロが大声を上げた。

「りゅっ、竜神さま、何か来てる！　うっ、後ろの、上の方！」

俺は慌てて【気配感知】への意識を強めつつ、背後を振り返った。

ふわふわと、巨大な白い塊がこちらへと向かってきていた。それも三つである。

『よ、ようやくここの化け物がお出ましか！』

まさか、ここまで飛んだのに遥か上から来るとは思っていなかった。俺は旋回し、白い球体へと振り返った。

全長十メートルといったところだろうか？　本当に白い球体としか言えない。

【『ケサランパサラン』：A＋ランクモンスター】

【正体不明の白い球体。】

【空の彼方から現れ、何をするわけでもなく消えていく。】

【その希少さと突拍子もなく現れる性質から、見つけることができれば幸せが訪れるとされている。】

【逆に、生涯に二度見た者には近い内に死が訪れるという。】

三つ出てきてるけど!?　これはアレか、奇数回だから幸せの象徴でいいのか!?

しかし、もっとヤバい奴が来るかもしれねぇと身構えていたが、案外普通の奴で何よりだ。空の彼方から現れたのは不気味だったが、今更A＋の相手にビビる俺じゃねぇ。

『アロ、トレント、やるぞ！』

「はいっ！　竜神さま！」

『あ、主殿!?　ま、まま、まずは地上へ降りませぬか!?　降りると言ったではありませんか!?』

俺は首を振った。

トレントには悪いが、A＋三体相手に背を見せて逃げる方が危険だ。……それに仮に落としたとしても、俺なら地上に落ちる前に回収できるはずだ。

3

　ふわふわと、三体の白い球体ケサランパサランが俺達へと近寄ってくる。……さっき覗いた魔物の特徴だと、基本的に空を漂っているだけであんまり好戦的な奴ではなさそうだったんだが、この広大な世界で、だだっ広い空を飛んでいたらたまたま出会ったとは思えねえ。

　こいつらは俺をターゲットにして寄ってきたはずだ。平然とA＋ランクの魔物が群れを成して出てきやがるのは、流石《さすが》は神が連れてきやがった変な世界というべきか。だが、今更この程度の相手、俺の敵じゃあねえ。

『それ以上近づいてきたら、仕掛けさせてもらうぜ』

　俺は向かってくる白い球体達を【念話】で威圧した。【念話】は言葉ではなく、心で語り掛けるスキルである。仮に知性の薄い相手でも、警戒を促して逃げさせることはできる。俺もこんな上空で戦うのは、できれば避けてぇところなんだが……。

　先頭の白い球体に、赤い光が灯《とも》った。次の瞬間、俺目掛けて赤い極太の熱線が放たれた。俺は宙で身を翻《ひるがえ》し、敵の攻撃を躱《かわ》してみせる。

　アレは大ムカデやクレイガーディアンの【熱光線】か……。

　トラウマの多い技だが、俺とケサランパサランではステータスの開きが大きい。この程度の速度ならば余裕を以《もっ》て躱せるし、最悪当たってもすぐに回復できるはずだ。

『ちょ、ちょっと怖かったですぞ……』

トレントがそう呟《つぶや》いた。

ただ、ここから本格的な戦闘になれば、もっと激しく動き回ることになる。トレントには悪いが慣れてもらうしかない。

後方に聳《そび》える二体のケサランパサランにも赤い光が灯った。各々から『熱光線』が放たれて俺を狙《ねら》う。

充分見切れる攻撃速度ではあるが、広範囲の三連攻撃だ。止まれば逃げ場を潰されて追い込まれかねない。

俺は白い球体共の周囲を飛び回って見せた。三本の『熱光線』が交差する。大した範囲と射程だが、やはり俺に当てるには遅すぎる。完全に俺の速さに追いつけてはいなかった。このくらいならば簡単に振り切れる。

『アロ、トレント、レベル上げに丁度良さそうだ。奴らの近くを飛ぶから、その隙にスキルの攻撃を叩《たた》き込んでやれ』

「はいっ！　竜神さま！」

『まま、任せてくだされ！　私は、この戦いで進化を摑《つか》んで見せますぞ……！』

トレントはまだちょっとこの高さに慣れていないようだが……張り切って俺の言葉に応じてくれた。……一応、近づく前に個別ステータスの方を詳しくチェックしておくか。

種族：ケサランパサラン
状態：狂神
Ｌｖ　：90/130
ＨＰ　：2228/2228
ＭＰ　：1354/1354
攻撃力：1402
防御力：1408
魔法力：1495
素早さ：1499
ランク：Ａ＋
特性スキル：
〖HP自動回復:Lv7〗
〖MP自動回復:Lv7〗
〖飛行:Lv9〗〖狂神:Lv--〗
耐性スキル：
〖物理耐性:Lv6〗
〖魔法耐性:Lv6〗
〖毒耐性:Lv8〗
〖即死耐性:Lv4〗
通常スキル：
〖自己再生:Lv7〗
〖熱光線:Lv8〗
〖まどろみの息:Lv6〗
〖毒毒:Lv7〗
〖クレイ:Lv8〗
〖ハイレスト:Lv8〗
称号スキル：
〖元魔獣王の下僕:Lv--〗
〖幸福の象徴:Lv--〗
〖最終進化者:Lv--〗

ステータス的にはかなりやりやすい相手だ。絵に描いたようなバランス型で、何か一芸に秀でているわけでもない。安定しているが故に、レベル上である俺からしてみれば速度も威力も足りない。

リリクシーラとの戦いでレベルを上げた俺にとって、この程度の相手に今更苦戦するつもりはねぇ。

それに、奴との戦いで遠距離攻撃の相手はかなり慣れてきたつもりだ。何せ、とんでもなくタフなリリクシーラ相手に、変幻自在の『アパラージタ』で散々苛《いじ》め抜かれたところだ。レベル下の直線的な攻撃くらい捌《さば》き切ってやる。

……ただ、スキルというか、状態異常に見たことのないものがあった。

状態異常『狂神』、か。スライムが『ルイン』に進化したときに抱えた状態異常『崩神』に似ている。『ルイン』が『崩神』の状態異常と特性スキルを背負わされていたのと同様に、ケサランパサランも〖狂神〗と同名の特性スキルを抱えている。だから、恐らく、この状態異常も治癒不可の異常なのだろう。

三体のケサランパサラン全員が同じ〖狂神〗の状態異常と特性スキルを持っていた。これについては調べておく必要がありそうだ。

【特性スキル〖狂神〗】

【ンガイの森の毒気を孕《はら》んだ空気を吸い続けた者は、覚めない狂気に侵される。】

【死を迎えるそのときまで悪夢に襲われる。】

【人格や知性を失くし、ただひたすらに自らと姿の違う外敵を捜し、襲い続けるだけの獣となる。】

【このスキルが消えることはない。絶対に。】

な、なんだこの特性スキル……。ンガイの森っていうのは、ここのことなのか？

死が確定する〖崩神〗もとんでもねぇスキルだったが、〖狂神〗も最悪だ。こいつらは覚めない悪夢を見て、周囲の魔物に攻撃を仕掛け続けてるっつうのか。

特性スキル〖狂神〗を見て、嫌な予感が過った。まさかこの世界は、ンガイの森は、森の毒気で魔物を争わせて凶悪な魔物を造り上げることだけを目的とした、神の声の箱庭のようなところなのではなかろうか。

腑《ふ》に落ちない称号スキルも持っている。〖元魔獣王の下僕〗である。

今代の〖魔獣王〗であったベルゼバブは既に死んでいる。それに、ベルゼバブがこんな変な生き物を部下にしていたという話は全く聞いたことがない。

……恐らくは、数代前の『魔獣王』のことなのではなかろうか。

本来、神聖スキルの絡まない魔物の進化上限はかなり厳しいはずだ。ほとんどの魔物はB＋程度で『最終進化者』となる。A＋まで天然で辿《たど》り着ける魔物など存在しないはずだ。

きっと、どうにか大量の魔物を神聖スキル持ちの庇護下にして、強引に上限を取り払っているのだ。俺のように、定期的に神聖スキル持ちをンガイの森へと連れてきているに違いない。そして森の毒気で狂わせて、感情のない、都合のいい道具に変えているのだ。

どこまでも、俺達を弄《もてあそ》んでくれやがって……！

タイムリミットはわからねぇが、これでまた一つ、急ぐ理由が増えちまった。ここでチンタラしてたら、『狂神』のスキルに縛られて、死ぬまで敵を殺し続けるだけの神の声の道具にされちまう。

元々、使い道のなくなった神聖スキル持ちの廃棄場のようなのかもしれねぇ。だが、それだけなら、俺をンガイの森に連れてくるときに、戻ってくることを意識させるために化け物を放ったりなんかしなかったはずだ。

遥か遠方に怪しい塔だって見えている。俺がンガイの森の奴らを狩って強くなって戻るか、『狂神』に侵されてこの森の肥やしとなるか。……恐らく、神の声はどっちに転んでもいいのだ。

どこまでも舐《な》め腐った真似をしてくれる。神の声……俺は必ず戻って、お前の想定を超えて強くなって、お前をぶっ倒してやるからな。

俺は空を飛び回り、ケサランパサランの〖熱光線〗を回避し続ける。

動きは見切れる。後はこいつらをアロとトレントに攻撃させよう。アロを進化直後の低レベル帯から抜けさせて……トレントも、さっさと進化まで持っていってやりたい。

「竜神さま……その、何か気になることでもありましたか？」

アロが声を掛けてくる。〖狂神〗を見つけた苛立ちが、様子から伝わっちまったのかもしれねぇ。

『……後で話す。今は、こいつらを片付けるぞ』

「はっ、はい！」

レベル上げのために元々そうする予定だったが……ンガイの森の奴らは、〖狂神〗から解放してやらねぇといけない。

『任せてくだされ！　わっ、私も、やりますぞ！　そろそろこの高さにも慣れてきましたからな！』

背の方に、赤い光が灯ったのを感じた。俺が目を向けると、トレントが赤い光を帯びていた。な、なんだかシュール……。

『教えてやりましょう！　〖熱光線〗を使えるのは、あちらだけの特権ではないことを！』

トレントから放たれた赤い光線が、ケサランパサランへと直撃した。球の上部から下部に掛けて、一列に光が走った。奇妙な白い綿のようなものが辺りに舞った。

『どうですか主殿！』

俺はちらりとケサランパサランのステータスをチェックする。

種族：ケサランパサラン
状態：狂神
Ｌｖ　：94/130
ＨＰ　：2268/2284
ＭＰ　：1321/1414

……あんまりＨＰは減っていなかった。け、結構持続して当たってたんだけど、十六ダメージくらいか……そうか……。まあ、そうだよな。トレントはランク下だし、レベルでも負けてるし、何より攻撃に特化したタイプじゃないから格上相手に打点を取れないのはいつものことだし……。

『これは入りましたぞ！　手応えがありました』

『ありがとうトレント！　次はもうちょっと近くに行くから、『ガードロスト』とか『アンチパワー』とか、状態異常スキルを撃ってもらえるか？　あれでも経験値は入るはずだ！』

『あ……はい、わかりましたぞ……』

トレントは俺の言葉から察したらしい。露骨に落ち込んでいるのが『念話』から伝わってくる。

……ごめんな、トレント。でも多分……何回『熱光線』放っても、この調子だとまともに経験値は入らねぇからさ……。

「竜神さま！　あの……魔力を少し、お借りしても？」

アロの呼びかけに、俺は頷いた。アロは俺の魔力を吸った直後は、一時的に魔法攻撃力を高めることができる。

アロが両手を俺の背へとつける。アロの『マナドレイン』で、微量ながらに魔力が抜かれていくのを感じる。

俺は自分の背の方をちらりと確認する。アロが青白い光を纏っていた。オネイロスの魔力を一時的に得たためだろう。

「『暗闇万華鏡』！」

アロが黒い光に包まれて輪郭が朧気になり、三体の姿に分かれた。あれは『ワルプルギス』に進化して得た、分身系統のスキルだ。

三体が同時に腕を掲げる。手の先には、黒い光が球体を成していた。『ダークスフィア』だ。

「手前の奴狙うね！」

「わかってる！」

アロ同士が掛け声を上げる。三つの『ダークスフィア』が同時に放たれ、宣言していた手前のケサランパサランへと飛んでいく。一発目、二発目、三発目が続けて白い体表へとヒットする。一発ごとに大きく身を震わせて奇妙な綿を飛ばし、三発目を受けた時には緑色の体液を噴射していた。

「**オ、オォ、オオオオオオオオ！**」

奇妙な鳴き声を上げる。あ、あいつ、口とかあるのか……？

種族：ケサランパサラン
状態：狂神
Ｌｖ　：94/130
ＨＰ　：2085/2284
ＭＰ　：1299/1414

お、おおっ！　百以上のダメージを削っている！

たったのレベル１でここまで削れるのは強い。これならば、続けていけばかなり経験値が配分されるはずだ。

『効いてるみてぇだぞ！　このままガンガン攻撃していってくれ！』

「はいっ！」

三体のアロが、声を揃えて嬉《うれ》しそうに答える。三人で交代してハイタッチをしている姿がちらりと見えた。

……確か『暗闇万華鏡』の説明文に『自我を持つ己の分身を生み出すことができる』って書いてあったが、あれはそういうことなのか？　てっきりある程度の思考を要する指示も熟《こな》すことができる程度のものだと思っていたが、あの様子だと一人で会議でも開けそうな勢いだ。

三体のアロが喜び合っている微笑《ほほえ》ましい様子を、トレントが死んだ目で眺めていた。

『ト、トレントは、その……状態異常魔法を頼む、な？』

『……そうですな、アロ殿がダメージを通しやすくなりますからな』

『そ、そう腐らないでくれ、頼む』

その後はトレントにひたすら『ガードロスト』を放ってもらい、アロには三人並んでの『ダークスフィア』を撃ってもらった。半分以上ＨＰが削れたところで、俺は『次元爪』を放った。白い球体が大きく抉《えぐ》れて緑の体液を噴射し、下へと落下していった。

【経験値を5358得ました。】

【称号スキル『歩く卵Lv：ｰ』の効果により、更に経験値を5358得ました。】

【『オネイロス』のLvが124から125へと上がりました。】

よし、まずは一体目を撃破した。

名前：アロ
種族：ワルプルギス
状態：呪い・魔法力補正（大）
Ｌｖ　：51/130
ＨＰ　：49/69
ＭＰ　：347/2208

い、一気にレベルが五十も上がっている！　〖魔王の恩恵〗で取得経験値が倍になっているとはいえ、凄《すさ》まじい。さすがレベル上げに強い、格上狩りのステータスを持っているだけのことはある。

『アロ、すげぇぞ！　一気に五十レベルも上がってる！』

「本当ですか！」

「やったぁ！」

三体のアロが各々に喜ぶ。に、賑《にぎ》やかでよろしい。なんだか違和感凄《すご》くて、落ち着かねぇけど。

『あ、主殿！　私は、私は……！』

トレントが必死に尋ねてくる。

こ、これ、見ねぇとダメか？　なんだか辛いんだが。

種族：タイラント・ガーディアン
状態：呪い・木霊化Lv4
Ｌｖ　：69/85
ＨＰ　：374/769
ＭＰ　：318/318

み、三つしか上がってねぇ……。いや、レベルって終盤で一気に上げ辛くなってくるしこんなもんなんだけど、アロが一気に五十レベル上がったの見た後だと、なんだか、こう……。

いつもトレントってどうやってレベル上げてたんだっけ？　わからない。いつもやっていたはずのことが、わからなくなってきた。レベル上げるのってこんなに難しかったのか。

『主殿……私は……？』

『い、五つ……いや、三つだ……』

『……なぜ一度、二つ値を盛ろうとしたのですか、主殿？』

一体目のケサランパサランを倒した俺達は、続いて二体目のケサランパサランの討伐に掛かっていた。俺の上では、三人に分身したままのアロが、ケサランパサラン目掛けて『ダークスフィア』を撃ち続けている。

低レベル帯を抜けたアロの魔法攻撃は一層強力になっている。既に【魔法力：888】から【魔法力：1538】へと上がっている。

レベル上の相手とはいえ、ランクは同じA＋だ。俺が補佐して一方的に攻撃できる機会を作れば、このままあっさりアロだけでも仕留め切れちまいそうな勢いだ。

『……すげぇな、アロは。分身して撃ってるだけで、同ステータス程度の相手なら手出しのしようがないんじゃないのか？』

「維持にも魔力を使っているみたいですし……あまり、私ほど速くは動けないみたいです。一対一だと、下手に使うと魔力を捨てるだけになるかも……」

アロは三人掛かりで『マナドレイン』を用いて俺の魔力を吸い上げながら、そう言った。

確かに、俺も予想以上に魔力をアロに持っていかれてちょっとびっくりしている。あまり燃費はよくないかもしれない。説明によれば分身体を回収できなければ魔力の消耗がかなり激しくなるようであった。

『【熱光線】ンンンッ！』

トレントも隙あらば【熱光線】でケサランパサランを攻撃している。だが、ケサランパサランもアロの【ダークスフィア】は警戒し、俺とアロの動きを読んで避け始めているのにも拘らず、【熱光線】はさっきから完全に無視で当たりまくってくれている。

『トレントッ！　【ガードロスト】に専念してくれ！　多分そっちの方が経験値が入るぞ！』

『しかし主殿っ！　【ガードロスト】だけではあまり経験値が入らないのです！　やはりダメージを与えねば！』

『でも【ガードロスト】の方が経験値が入るんだ！　わかってくれ！』

……アロに進化の先を越されたばかりかアロがぐいぐいとレベルを上げていくためか、トレントは迷走しつつあった。

悪いが、トレントの【熱光線】ではケサランパサランにまともにダメージが通っていないのだ。この世界は耐久型が弱いとは言わないが、色々な面で不遇すぎる。

『私も心ではわかっているのです！　しかし……しかし……！　主殿、私はどうすればいいのですか!?』

『【ガードロスト】を撃ってくれ！』

『それはわかっているのです！』

「……わかってるなら、竜神さまに従って」

アロが呆《あき》れ気味に口にした。

トレントのステータスが悪いわけじゃあないんだ。もっと単純に、多分、俺達の状況とトレントのステータスが致命的に噛み合っていないんだ。トレントは最大火力が低いので、レベル上の相手に挑むのに向いていない。俺がそれを上手く補ってやれるスキルも持っていない。

『あ、主殿、私をもっと上空へ連れて行ってくだされ！　『メテオスタンプ』をお見舞いしてやります！』

『無謀だ！　この高さだぞ!?　お前っ、ここから落ちたら助からないって散々言ってただろ！』

『わ、私も、木霊状態なら一応飛べますぞ！　空中でさっと解除して、落下の衝撃を和らげられれば……！』

その必死さは一体どこから来るのか……。

『どの道、空飛びまわる相手にアレぶつけるのは不可能だ！　無駄に地面に突き刺さるぞ！　今回は諦めて、地上の相手にやろう、な？』

『いいことを思いつきましたぞ！　私は『スタチュー』で鋼鉄化するので、主殿はそれで奴らを引っ叩いてください！』

……本当にそれはいいことなのか？

トレントは俺と問答をしている間も、諦め悪く『熱光線』を撃ち続けていた。

「えいっ！」

アロの三連『ダークスフィア』を、ケサランパサランは側部でまともに受け止めた。ケサランパサランの体液が飛び散り、動きが鈍くなってきた。そろそろ二体目のケサランパサランも倒せそうだ。

『いいぞ、アロ、後一撃……！』

そのときトレントの『熱光線』が、ケサランパサランの体表が剥がれているところへと綺麗に入っていった。ケサランパサランの傷口から体液が一層激しく溢《あふ》れ、白い綿を散らして地上へと落ちていった。

『や、やった！　止めを刺せましたぞ！　あ、主殿、見ましたか？　今っ、私の『熱光線』が！これでちょっとは多く経験値が入ったのでは！』

喜ぶトレントに反し、三人のアロは複雑そうな表情で、落下していくケサランパサランを眺めていた。

「私がほとんど減らしたのに……」

……まあ、なんにせよ、アロの『ワルプルギス』での初狩りが手頃な相手でよかった。

この調子なら残ったもう一体も楽に狩れるはずだ。トレントのレベルだってちょっとは上がるだろう。

それに、ここがどういう場所なのかっつうことや、出てくるのがせいぜいA＋だということがわかったのはありがたかった。ここは神の声が余った強力な魔物を閉じ込めておくための異空間だ。目的は恐らく、俺みたいな奴のレベル上げ用だ。

そして神の声も、伝説級の魔物は簡単には用意できない。後生大事に『スピリット・サーヴァント』で保管している歴代最強の四体が、恐らく奴が自由にできる唯一の伝説級の魔物だ。さすがにそうぽんぽんと『ルイン』や『ホーリーナーガ』級の化け物が出てこないとわかって俺は安心した。

そのとき、嫌な予感がした。遥か空の上から、何かの視線のようなものを感じたのだ。ケサランパサランの放つ気配より遥かに強大であった。

次の瞬間、天より黒い光線が放たれてきた。『熱光線』に似ているが、あれより細かく、何よりも数が多い。俺達へと雨の如《ごと》く降り注いで来ていた。

『あ、あああああ、主殿ォッ！　これはまずいですぞ！』

『しっかり捕まれよ！』

俺は飛行速度を上げ、黒い光線の嵐から逃れる。回避しきれなかったケサランパサランは黒い光に貫かれ、球体の身体を膨張させて破裂した。緑の体液が飛び散っていた。

俺は視界の隅でその光景を捉え、開いた口が塞がらなかった。

あ、あんな範囲攻撃で、A＋級の魔物をたった一撃で!?　こんなふざけた攻撃ができるのは、伝説級の魔物以外にあり得ねぇ。

俺は空を見上げた。大きな黒い球体があった。

ケサランパサランの倍近い全長がある。体表には細かく光の線のようなものが渦を巻いており、それらは流動的に変化している。

見ても、どういう生き物なのかさえさっぱりわからなかった。ただ、明らかにヤベェ奴だと肌で感じた。案外簡単にここを脱出できるかもしれないと、そう思った直後にこんな化け物が出てくるとは思わなかった。

4

俺は向かってくる黒い球体へと意識を向ける。とにかく、アイツの情報を手に入れねぇと始まらない。


【『オリジンマター』：L（伝説）ランクモンスター】

【原初の世界にも存在したとされる謎の球体。】

【高次元世界から降りてきたともいわれている。】

【次元や光に関係する強力な魔法を操ることができる。】

【また、球体の奥では時間が止まっており、球内に取り込んで相手を封印することもできる。】


な、なんだ、この出鱈目な魔物は……。高次元世界？　時間が止まってる？

当たって欲しくはない予想だったが、思った通り伝説級モンスターだった。

ンガイの森を舐めていた。こんな平然と伝説級モンスターまで出てきやがるのか。無限に広がる巨大樹の森に天を穿つ塔に続き、A＋モンスターの群れ、終いにはこんな莫迦《ばか》げた魔物まで現れやがるとは思わなかった。

伝説級は神聖スキルがなくても用意できたのか？

いや、そんなはずがねぇ！　スライムの奴は神聖スキルなしで伝説級に進化したせいで、『崩神』スキルで身体が崩れ落ちて死んだんだ。

だが、こんなところに追いやられているということは、きっと『狂神』状態に陥っているはずだ。伝説モンスターであったとしても、神にこのンガイの森に廃棄されたような奴だ。さっきの魔法の一発屋で、案外そこまで強くはないのかもしれねぇ。

〖ドロシー〗
種族：オリジンマター
状態：狂神
Ｌｖ　：140/140（MAX）
ＨＰ　：5524/5524
ＭＰ　：6397/6535
攻撃力：1852
防御力：3245
魔法力：4999
素早さ：1721
ランク：Ｌ（伝説級）
神聖スキル：
〖畜生道（レプリカ）:Lv--〗
〖餓鬼道（レプリカ）:Lv--〗
特性スキル：
〖グリシャ言語:Lv5〗
〖気配感知:LvMAX〗
〖MP自動回復:LvMAX〗
〖飛行:LvMAX〗〖冥凍獄:Lv--〗
〖狂神:Lv--〗
耐性スキル：
〖物理耐性:LvMAX〗
〖魔法耐性:LvMAX〗
〖状態異常無効:Lv--〗
〖火属性無効:Lv--〗
〖水属性無効:Lv--〗
〖土属性無効:Lv--〗
通常スキル：
〖ハイレスト:LvMAX〗
〖人化の術:LvMAX〗
〖念話:Lv9〗
〖ミラーカウンター:LvMAX〗
〖ミラージュ:LvMAX〗
〖自己再生:LvMAX〗
〖次元斬:LvMAX〗
〖ブラックホール:LvMAX〗
〖ダークレイ:LvMAX〗
〖ワームホール:LvMAX〗
〖ビッグバン:LvMAX〗
称号スキル：
〖原初の球体:Lv--〗
〖最終進化者:Lv--〗
〖元魔獣王:Lv--〗
〖元聖女:Lv--〗

俺の願いは、容易《たやす》く打ち砕かれた。

この黒球は、明らかに俺よりステータスが上だ。俺は【魔法力：4615】だが、オリジンマターは【魔法力：4999】だ。こんなもん、俺だって魔法の直撃を二度受ければ、一気にHPを削りきられかねない威力だ。あのとんでもない魔法の範囲と威力も、これを見れば納得がいく。

俺はまだ【Lv：125／150】なので、そこの差が大きいのかもしれねぇ。得体の知れない不気味なスキルはいくつもあるが……真っ先に気にかかったのは、奴の持っている神聖スキルであった。


【神聖スキル『畜生道（レプリカ）：Lv-』】

【『畜生道』のレプリカ。】

【このスキルそのものに力はないが、畜生道によって進化させた個体の劣化や崩神化を限定的に妨ぐことができる。】


……これを見て、なぜオリジンマターが伝説級のまま存在し続けることができているのかがわかった。

恐らく神の声が、何らかの手段でラプラスとやらを騙《だま》して造りあげたのがこのレプリカスキルなのだろう。目的は恐らく、表の世界の経験値が足りなくなったときに俺の様な奴の餌にするためだ。

オリジンマターのステータスを見るに……こいつは、数千年前の魔獣王だったのだろう。レプリカスキルで強引に命を繋《つな》ぎとめさせられ、管理しきれないため万が一にも反抗できないように狂神で思考力を削《そ》がれているのだ。そうしてこいつは、いつ終わるのかわからない狂神の悪夢に苛《さいな》まれながら、このンガイの森をいつか殺されるためだけに彷徨《さまよ》い続けている。

……俺も、アロやトレントも、きっとここを脱出できなければ、同じ目に遭わされるに違いない。神の声がとんでもねぇ奴なのはわかっていた。だが、奴の痕跡を少しずつ知っていく内に、その度にあいつの身勝手さに吐き気がする。

この森には、オリジンマターと似たような目に遭わされて森を徘徊《はいかい》し続けている奴が、きっとたくさんいるはずだ。

俺はオリジンマターから距離を保ちながら、最高速で飛び回る。オリジンマターから放たれる無数の黒い光が襲い来る。俺を掠《かす》め、地上へと光が落ちていく。

恐らくこのスキルは『ダークレイ』とやらだろう。距離を保っている間はどうにか避けられるが、全く近づける気がしねぇ。

アロと同じタイプだ。オリジンマターは攻撃力と速さに欠けるが、結局ＭＰがある限りは魔法が万能なのでそれがほとんど弱点になっていない。

「『ダークスフィア』ッ！」

三人のアロが、同時に『ダークスフィア』を放った。だが、今の俺には移動してアロの攻撃を援護するだけの余裕がない。三つの『ダークスフィア』はあっさりと回避されていた。

『このっ！』

俺はその回避に合わせて『次元爪《じげんそう》』を叩き込んだ。

指先に、確かに当たった感触があった。だが、オネイロスの『次元爪』を受けてなお、ほとんど動じていない。

ダメージが通っていないわけはないが……こいつ、あまりにタフすぎる。

俺も『ダークレイ』を回避しながらなので、今一つ力が乗っていないようだ。逃げ回りながらどう攻めるべきかと考えていると、オリジンマターの体表の模様の流れが変わった。

何事かと注視していると、肩に激痛が走った。

しまった！　これはさっきスキルにあった、オリジンマターの『次元斬《じげんざん》』だ！

俺は身を翻し、どうにか斬撃を浅く逃れる。

危なかった……。直撃をもらっていれば、それだけで地上へ叩き落とされていたかもしれねぇ。

オリジンマターの『次元斬』は、狙っている箇所が全然わからない。おまけにこっちは『ダークレイ』の連射のお陰で、ほとんど一か所に留まることができない。

俺は逃げながら、背のアロ達へとちらりと顔を向けた。

今の俺は、オリジンマターと戦うべきじゃねえ。俺のレベルではまだオリジンマターと対等に戦えない。勝機がないことはないが、泥仕合に持ち込むしかない。そうなると、アロとトレントはまず無事では済まない。

俺はオリジンマターの周囲を飛び、『ダークレイ』から逃げる。

黒い光の線が、俺の尾を掠めた。

俺は息を呑んだ。威力、射程、連射性能の全てが高いぶっ壊れスキルだ。だが、一番ヤバイのは、撃っている量に反してオリジンマターのＭＰがさほど減っていないことだった。

こんな奴相手にするのは無謀すぎる。

オリジンマターの模様の流れがまた変わった。俺は一気にその場から急上昇する。

俺の足の下に、大きな斬撃が走った。オリジンマターの〖次元斬〗だ。

今のはどうにか避けられたが、こんなのを続けていたら、いつかブチ当たるに決まっている。〖ダークレイ〗による高火力範囲攻撃の乱打に加えて、〖次元斬〗を用いて俺の隙を突いてくる。とんでもなく嫌な攻撃だ。

一番最悪なのが、これでオリジンマターの本分が遠距離攻撃ではなく、その耐久力にあるということだ。ＨＰが馬鹿高い上に、防御力がぶっちぎりで過去最強レベルだ。こいつを倒すには、どうにか一方的に攻撃できる手段を見つけるか、近接スキルが薄い弱点を突いて正面から殴りまくってゴリ押しするしかない。

現状、一方的に攻撃できるような手段は見つかりそうにない。ゴリ押しするにも相手がまだまだスキルを見せていない上に、そもそもステータスで劣るためあまりに不利だ。

『アロ、トレント、撤退するぞ！』

無理にオリジンマターと戦う理由はない。奴は俺に素早さで大きく劣る。相手が遠距離持ちなのは怖いが、戦うよりも逃げる方が分があることに違いはない。

俺は『ダークレイ』から逃れるためにオリジンマターを中心に円を描くように飛び回っていたが、黒の光線の弾幕が薄くなった瞬間を狙って大きく外へと逃れ、一気に地上を目指した。

『……オリジンマター、俺がもっと強くなったら、またお前をこの森から解放しに来てやるよ』

俺は背後へ目を向ける。オリジンマターは『ダークレイ』を連射しながら俺を追ってきている。

『やっぱし、素直に逃がしちゃくれねえか！』

俺は左右上下に飛び回り、『ダークレイ』を掻《か》い潜《くぐ》る。

俺は地上に目を落とす。地上に落ちた黒い光が、巨大な木々を薙《な》ぎ倒しているのが見えた。射程距離がどう考えてもヤバすぎる。こいつ一人で元の世界が吹き飛びかねない。

こいつよりヤバいのが、四体もあっちには送られてるのかよ……。一刻も早く、オリジンマターを倒せるだけの力を身に付けて、向こうの世界に帰らなければならない。

しかし、直線で逃げていればいずれは『ダークレイ』をぶち当てられかねない。俺は斜めに軌道を変え、迫りくる『ダークレイ』を振り切った。

俺は背後へと目をやった。距離は順調に開けてきている。離れれば離れるほど『ダークレイ』に対応するのに必要な反応時間が長くなり、対応が楽になってきていた。

よ、よし、この調子ならばどうにかなりそうだ。幸い、オリジンマター自体の速度はそこまで速くない。いずれは逃げ切れるはずだ。

そう考えていると、唐突にオリジンマターの『ダークレイ』の連射が途絶えた。

もしや諦めてくれたのだろうか。そんな甘いことを考えていると、オリジンマターの模様の動きが、また大きく変化したのが目についた。

こ、今度は、何をやるつもりだ……？

オリジンマターを中心に、黒い光が広がった。

俺の飛行が、止まった。オリジンマターに引っ張られている。俺が前に進もうとする力を打ち消すかのように、オリジンマターから強大な引力が発せられている。


【通常スキル『ブラックホール』】

【自身を起点に、強大な引力を放つ重力魔法。】


『グラビティ』の、自分に引っ張る版とでもいったところか！　近距離には大して自信がなさそうなステータスのくせに、とんでもねえスキルを持っていやがる！

ただ、拘束力が強い代わりに、使用中はオリジンマター本体もまともに動けないようだ。

「きゃっ！」

『あ、主殿ぉっ！』

アロとトレントが、俺の背から離れた。俺は慌てて『竜の鏡』で『ウロボロス』の姿へと自分を変化させ、同時に一瞬で反転した。首をせいいっぱいに伸ばし、アロとトレントを別々の口で捕まえた。

『よっよし、確保！』

だが、そのせいで俺の飛行移動が完全に止まった。俺の身体はオリジンマターへと引き付けられていく。

な、なんつー強力な引力だ！　こんなもんあったら、たとえ相手がどれだけ遅くても逃げられる気がしねぇ！

……こうなったら、勝負に出るしかねえか。

『ブラックホール』は相手を吸い寄せる代わりに、むしろ弱点を晒《さら》すことになるはずだ。発動中はまともに動けねぇみたいだし、こんな大技さすがにＭＰ消耗も激しいに決まっている。

それにオリジンマターは、相手と密着してもどうせ『ダークレイ』と『次元斬』くらいしかできないはずだ。ヤバそうな近接スキルは、特には見つからない……。

【特性スキル『冥凍獄《めいとうごく》』】

【黒い光の渦に敵を取り込み、封印する。】

【対象は時の流れから見捨てられる。】

【光の奥では時間が動かないため、対象は逃げ出そうと試みること自体ができない。】

とっ、とんでもねぇスキルがあるじゃねえか！　オリジンマターに取り込まれたら終わりだ！

こんなもん、近接戦どころの話じゃねぇ！

俺は素早く身体を翻し、翼を羽搏《はばた》かせた。段々と吸い込まれる速度を落としていくことには成功したが、かなりオリジンマターにまた近づいちまった。

俺は背後に前足を伸ばして『次元爪』を放った。飛行が乱れ、またオリジンマターに吸い寄せられた。一方オリジンマターは、俺の爪撃を受けてもピンピンしていやがる。体表の光が微かに崩れたが、すぐにまた再生していくのだ。

痩せ我慢しやがって！　そう何発も受けられねぇだろうがよ！

俺は続けざまに二度、大振りを放った。オリジンマターの体表に、大きな二つの傷が走った。俺の体勢が乱れ、一気にオリジンマターに吸い寄せられる。

だが、そのとき、周囲の黒い光が消滅した。オリジンマターが『ブラックホール』を解除したらしい。さすがに一方的に俺の『次元爪』を受け続けるのは不利だと判断したようだ。

よ、よし、『ブラックホール』は強力だが、そこまで万能じゃねぇ。対抗しながら遠距離攻撃を撃てばいいだけだ。

俺は宙で体勢を取り戻し、オリジンマターへ背を向けた。『ブラックホール』が途切れた今の内に、もう一度こいつから逃げる。もしもまた『ブラックホール』を撃たれたら、そのときはまた『次元爪』を放ってダメージを稼いで逃走するだけだ。

『あ、主殿ぅ……大丈夫ですか？』

トレントの『念話』が聞こえてくる。ただでさえ俺の口の中で真っ暗な上に、『ブラックホール』のせいで滅茶苦茶な方向に引っ張られていたので不安なのだろう。だが、悪いが、今『念話』

を返してやれる余裕はねぇ。

俺は尻目にオリジンマターの出方を窺《うかが》う。恐らく奴は『ブラックホール』で再び取り込みに来るか、『ダークレイ』の連射攻撃を仕掛けてくると、俺はそう考えていた。

だが、オリジンマターは、ただその場で静止していた。オリジンマターの体表の渦模様が、うねうねと歪な動きを始めていた。カラフルな光を放つ模様の数がどんどんと増え、オリジンマターの輝きが増し始めてきた。

別のスキルを使うつもりか……？

俺は『ブラックホール』でも『ダークレイ』でも凌《しの》げる自信はあった。オリジンマターも、どうやらこの相手はこの二つのスキルでは痛手を負わせられないらしいと踏んだのだろう。

……オリジンマターの未知のスキルは、あと一つしかない。

【通常スキル『ビッグバン』】

【自身を起点に、超高温の大爆発を巻き起こす魔法。】

じ、自爆……では、ないのか。あくまで自分を中心に大爆発を引き起こすだけだ。だが、んなことをしたらオリジンマター自身も無事では済まないはずだ。

いや……オリジンマターには『火属性無効』、『水属性無効』、『土属性無効』という、ヤベェ耐性スキルがついていた。『火属性無効』のおかげで『ビッグバン』の自爆ダメージを防げるのかもしれない。

普通に飛んで効果範囲外まで逃れられるならそうしたいが、このタイミングで『ダークレイ』より『ビッグバン』を優先したのは、オリジンマターが当てられると踏んで発動したのだろう。何か打開策を取らねぇと、俺ごとアロとトレントまで吹っ飛ばされちまう。

ワ、『ワームホール』を使って瞬間移動するか……？　いや、あれは駄目だ。落ち着け俺、『ワームホール』だけは駄目だ。あれはクソスキルだ。

『ワームホール』さんにだけは頼ってはいけない。移動距離が短い上に発動まで遅いため、普通に逃げた方が遥かにマシだ。瞬間移動とは異なるが、『竜の鏡』で自身の存在を消せば『ビッグバン』から逃れられるはずではある。

『竜の鏡』を用いて存在を途切れさせるのは、持続すればするほど膨大なＭＰを溝に捨てることになるので、あまり気軽にできることではない。それに、存在を戻す瞬間は完全に無防備を晒すことになる。

大技をやり過ごすのには有用な手段ではある。……しかし、今はそれを使えない。そうすればアロとトレントは宙に放り出され、『ビッグバン』の餌食になる。今は別の手段を取らねぇといけない。

『ワームホール』も『竜の鏡』も使えないとなると、完全回避は諦める。ちょっとでもダメージを軽くするしかない。

俺は『アイディアルウェポン』を使った。俺の全身を、青紫に輝く厚い鎧《よろい》が覆っていく。……こんなことしても雀《すずめ》の涙くらいの効果しかねぇだろうが、それでもないよりはマシに違いない。

【〖オネイロスアーマー〗：価値L（伝説級）】
【〖防御力：＋190〗】
【青紫に仄《ほの》かに輝く大鎧。】
【夢の世界を司るとされる〖夢幻竜〗の竜鱗《りゅうりん》を用いて作られた。】
【各種属性スキルへの高い耐性を持つことに加え、装備者に対する幻影スキルを完全に無効にする。】

続けて俺の後方に〖ミラーカウンター〗の光の障壁を展開した。

……できることは全部やったはずだ。これを貫かれたら、もうどうしようもない。

オリジンマターが虹色に包まれ、その光を増していく。次の瞬間、奴を中心に大爆発が巻き起こった。

俺は身体を丸め、〖ウロボロス〗の双頭を抱え込んだ。視界が爆炎に包まれる。

クソ範囲攻撃め……！　こんなの反則だろ！

全身に高熱と共に強い衝撃を受け、俺は前方向へと弾き飛ばされた。身体に張り付いていた〖オネイロスアーマー〗に罅《ひび》が入り、朽ち果てて粉になり、魔力の光へと戻っていく。

眼球が焼け潰れたのか、視界が途切れた。激痛の中、意識が薄れていく。

「竜神さま！」

『主殿っ！』

アロとトレントの声に、俺は意識を取り戻した。

よ、よかった、無事で済んでいたんだな……じゃねぇ！　今はとにかく態勢を整えねえと！

このままどこかに叩きつけられたり、オリジンマターに追撃されたりでもしたら最悪だ。

俺は『自己再生』で潰れた目玉や、体表を再生させていく。焼け崩れた翼を元に戻して、大きく伸ばした。翼が『ビッグバン』の爆風に後押しされ、俺の飛行速度が上がった。

俺は尻目にオリジンマターを睨《にら》んだ。かなり距離は開いていたが、それでも奴はまだ俺を諦めていなかった。『ダークレイ』を連射しながら俺を追ってくる。

俺は高度を急激に落としながら逃走を続ける。角度をつけることでオリジンマターの『ダークレイ』から逃れるためだが、それだけではない。

俺は地上が近くなってきたところで身体を丸め、『転がる』を使って着地と同時に疾走を始めた。普通に移動するより、結局これが一番速い！

俺は巨大な木を回避し、ときにへし折り、ときに弾《はじ》かれながら、とにかくオリジンマターから逃げ続けた。

そう時間が経《た》たない内にオリジンマターの『ダークレイ』が止んだ。後方で、オリジンマターが空へと引き返していくのが目についた。

『ダークレイ』は性能に反してローコストだが、当たらない相手に撃ち続けられるほど余裕があるわけでもない。これ以上はＭＰの無駄だと判断したのだろう。

少し経ってから俺は『転がる』を解除する。完全に逃げ切ったと安心できるようにもう少し走っておきたかったが、あまりこのンガイの森を駆けすぎても他の魔物に見つかる恐れがある。

俺は遠くの空に浮かぶ、黒い光の塊を睨んだ。

少なくともあいつを倒せるようにならねぇと、きっと元の世界に戻っても神の声の『スピリット・サーヴァント』には通用しない。

……だから、待っていやがれ。ここを出る前にレベルを上げて、きっちりお前をこのンガイの森から解放しに、いつか戻ってきてやるからな。

5

周囲が安全なのを『気配感知』で確認した後、俺は『ウロボロス』の双頭の、両方の顎《あご》を地へとつけて口を開けた。

『もう終わったぜ。出てきていいぞ』

俺は口の中に保護している、アロとトレントへと『念話』で声を掛ける。

『主殿……ご無事で何よりです……』

木霊状態のトレントが、俺の舌の上を這《は》ってよろよろと姿を現した。トレントは案の定、俺の唾液塗《まみ》れになっていた。

『大変な目に遭いましたな主殿……まさか、あんな化け物がいるとは』
ト、トレントも大変な目に遭ったな。俺も悪いとは思っている。
だが、あのときは本当に他に手がなかったのだ。まさかLランクの最大レベルがぽんと出てくるとは思っていなかった。A+ランクくらいならば、今の俺のレベルならばどうとでもなると思ってしまった。

オリジンマターが出てきた以上、あまりこのンガイの森を迂闊《うかつ》に動き回るべきではないが、今はとにかく時間が惜しい。リスクを恐れてうだうだしていれば、元の世界に戻るまで時間が掛かりすぎてしまう。

結局、ンガイの森の危険性がわかっても、これまで同様に飛び込んでいくしかない。

レベル上げは、自分と同等か、それ以上の丁度いい相手さえ見つければ、そう時間が掛かることではないのだ。急ぐならば危険を取らなければならない。

謎の塔だって、絶対危険に決まっている。すんなりと元の世界に戻れるわけがねえ。それでも、俺はとにかく進展を望んで動き続けるしかないのだ。

トレントは立ち上がろうとしたが、俺の唾液で滑ってその場で転倒した。……口の中に放り込んで散々『転がる』で移動したため、平衡感覚が狂っているのだろう。トレントから漂う、乾燥した唾液が少し臭《にお》う。俺は目を細めた。

『……主殿の臭いですからな。私は構いませんが、アロ殿にはそのような素振りは見せないように』

トレントが地面に手をついたまま、ジロリと俺を睨んだ。

『わ、悪いトレント……』

俺はトレントに謝った後、口の中へ〔念話〕で呼びかけた。

『アロ……大丈夫か？　出れるか？』

さっきから全くアロが出てくる様子がないのだ。

俺が呼びかけると、ようやくアロが出てきた。アロが完全に出たところで、俺は〔竜の鏡〕を解除してオネイロスの姿に戻った。アロは白い頬を微かに赤くして、人差し指で頬を掻いた。

「……少し、竜神さまの口の中、慣れてきた気がします」

アロはそう言って、自身の手の甲へと鼻を近づけ、すんすんと臭いを嗅いだ。

俺とトレントは、アロの言葉に思わず凍り付いた。

『アロ殿……調子が悪いのでは？　一度主殿に〔フェイクライフ〕を掛けていただいた方が……』

「へっ、変な意味じゃなくてその、安心するの！」

アロは顔を真っ赤にし、トレントへとそう叫んだ。

『そ、そうですか、アロ殿……。そうですね、うむ、その、私も安心するような気はしますので、そうおかしなことではありません。気を落とさないでくだされ』

「別に落ち込んでないっ！」

……な、何はともあれ、全員無事でよかった。

アロとトレントを洗ってやりたいと考えて周囲を見回し……気が付いた。このンガイの森の上空を飛んだとき、一切川が見つからなかったのだ。一面に変な木が並んでいるだけだった。まさか、ここには川がないのか？

の、飲み水の確保ができねえ。いや、飯も水も我慢しようと思えば数日は持つが……。

『【アクアスフィア】』

トレントの頭上に大きな水の球体が現れた。水の球体が爆《は》ぜて、トレントが水浸しになる。トレントは川に入った犬のように身体を振るい、水を落とした。

『ふう……さっぱりしましたぞ』

『トッ、トレント、そんなことできたのか!?』

『……主殿は確認できるのでは？』

た、確かにトレントはそんなスキルを持っていたか。長らく使っているところを見かけなかったので、なんとなく忘れていた。

これでトレントから水を半無限に補給できる。一家に一台トレントさんだな。

『アロにもやってやった方が……』

そのとき、アロの輪郭が崩れ、黒い光の塊になった。すぐに元の姿へと戻る。

「大丈夫です！　これで綺麗になりました！」

つ、強い……これがワルプルギスの能力か。ボロボロだったはずのドレスもすっかり元通りになっている。

あれ……そういえば……。

『アロ……お前、嗅覚戻ったのか？』

さっき、俺の唾液の臭いを確認していたようだった。

「実はさっき気が付いたのですが……戻ったみたいです」

アロが笑顔を浮かべ、そう言った。

『ほっ、本当か!?』

俺はずいと、アロへと顔を近づけた。

「はいっ！　元々、完全にないというよりは薄くなった感じで、進化のたびにちょっとずつマシにはなっていたのですが、今回の進化で一気に戻っていたみたいです」

『よ、よかったなあ、アロ……。もう、もしかしたらずっと感覚器官が戻らねぇんじゃないかって、不安だったんだ』

俺は胸が熱くなり、涙が込み上げてくるのを感じていた。目に雫《しずく》が溜《た》まる。

アロは寝ることもできないし、食事を楽しむこともない。アロを『フェイクライフ』でアンデッドとして蘇らせてよかったのかと、俺はいつも悩んでいたのだ。

「りゅっ、竜神さま、大袈裟《おおげさ》です！」

『そろそろ一旦食事にしておくか。アロの味覚が戻った、祝いも兼ねてな』

「いいのですか？　ですが、時間が……」

『先は急ぐが……前の飯から間が空いている。色々あって、皆疲れただろう。せっかく材料も手に入ったことだからな』

　俺が口にすると、アロが首を傾《かし》げた。

「えっと……材料、ですか？」

『ああ、どのくらい回収できるのかはわからねぇけどな』

　俺は『転がる』で薙ぎ倒してきた道を振り返った。一応空も睨んで、オリジンマターの姿がないことを確認しておく。

　……いつかは再戦すると決意したが、今すぐは絶対に会いたくねえ。あの高さだったから肉がどうなっているのかは怪しいが、まああいつらもＡ＋ランクのモンスターだ。塊が多少は残っているだろう、と思いたい。

　そもそもあいつらの身体を肉と形容していいのかどうかも、少し怪しい気はするが……まあ、食えないことはないはずだ。

6

『主殿……本気で食べるのですか？』

『駄目か？』

トレントの言葉に、俺は首を傾げた。

『駄目ではありませぬが……ううむ』

俺はケサランパサランの残骸を回収して、毛皮らしき何かを剝ぎ、内臓らしき何かを掻き出し、木の枝に吊《つ》るして血抜きを行っていた。……もっとも、血と呼んでいいのかどうかも少し怪しいところだが。

ケサランパサランの姿は、巨大なたんぽぽの綿毛と称するのが一番近い。もしかしたら植物に近い魔物なのかもしれないと思ったが、身体の構造的にはむしろ動物のそれに近いような気がする。

血抜きの間に、周囲を探索して食べられそうなものを探すことにした。

俺は森に生えていた、黒緑色の不穏な草へと目を向ける。強い魔力を感じたのだ。もしかしたら、貴重なものかもしれない。

トレントがすかさず引き抜き、俺の前へと突き出した。ついてきた根っこが、ぷらぷらと揺れる。根っこが人面のような形になっていた。

『主殿！　どうですか！　食べられますかな？』

トレントに尋ねられ、俺は確認する。

【『呪怨草《じゅおんそう》』：価値Ｂ－】

【強い怨念が宿る場所に生える草。】

【根に宿った淀《よど》んだ魔力は、アンデッドの材料や呪いの媒介として用いられる。】

怨念が宿る……呪いの媒介か……。

ンガイの森は、神の声への呪いや執念で溢れていたとしてもおかしくない。それらを糧《かて》に育ったのかもしれない。

俺は鼻先を近づけた。髪の焦げるような臭いがした。

『貴重みたいだが……臭いからナシだな。高価みてぇだから、勿体ないんだけど』

『そうですか……』

トレントはがっかりしたように地面へと投げ捨てる。

「竜神さま！　見て、見て、綺麗なお花があったの！」

少し離れていたアロが俺達へと駆けてきた。

手に、大きな赤々とした派手な花が握られていた。奥の内側の花弁は金色になっている。美しい花だった。

【『鳳凰花《ほうおうか》』：価値Ａ】

【突然変異によってのみ生じる、決して枯れることを知らない花。】

【また、炎の中に落としても燃えることがない。】

【それらの性質から、権力者の装飾品やお守りとして好まれた。】

【力強くも心地よい香りが、嗅ぐ者の幸福感を誘う。】

お、おお……！　簡単にAランク、Bランク価値の植物が見つかるとは……神の声が用意した、異世界なだけはある。

俺は鳳凰花へと鼻先を近づけた。力強い生命力を感じさせる香りがした。

「ねえ、竜神さま！　このお花、すっごく綺麗で、可愛い……！」

俺は大きく頷いた。

『ああ、薬味に使えそうだな。飯の外見も引き立ちそうだ。よく見つけた、アロ』

アロは一瞬無表情になったが、すぐに満面の笑顔を浮かべた。

「えへへ……竜神さまに褒めてもらえて嬉しいです」

『……それでよいのですか、アロ殿』

トレントはアロを眺めて、不安そうにそう零《こぼ》した。

その後もしばらく植物採取を続けていた。

俺は変な木の根の近くに、土を被《かぶ》ったキノコがあることに気が付いた。ごつごつっとした、変な形の奴だった。黄土色をしている。

俺がぼうっとその変なキノコを見ていると、トレントがすかさず土を払い、引っこ抜いて俺の前へと差し出した。

『主殿、どうですかな？』

『あ、ああ、ありがとうトレント。見てみるぞ』

俺はキノコへと意識を向ける。

【『金丹茸《きんたんだけ》』：価値Ｌ＋（伝説級上位）】

【特異空間の魔力を帯びて、従来のキノコが変化したもの。】

【強い毒性を持っているが、同時に人間に不老を授ける力を持っている。】

【かつて人の世界に齎《もたら》されて時の権力者が食したが、数年の内に暗殺されてしまったという。】

き、金丹茸……なんだか、物々しいものが出てきたな。伝説級上位なんてあったのか。俺は初めて知ったぞ。

しかし、毒性か……。まあ、俺達全員Ｂ＋級以上の魔物なわけだし、これくらいの毒は今更効かないだろう。強い毒性とは書かれているが、人間が食べたって死なないくらいだ。

不老ねえ……アロは最上位クラスのアンデッドだし、俺も一個前のウロボロスの時点で永遠に生きるだのいわれていたくらいだからな。

『主殿……駄目ですか？』

トレントが寂しそうにそう言った。俺は金丹茸へと鼻を近づけた。

うん、食欲をそそるいい香りがする。悪くなさそうだ。

『それも食うか』

勿体ない気もするが、元の世界に持って帰ってもロクなことにはならないだろう。気軽に誰かに売れるわけでもないし、説明して信じてもらえたとしてもこれで戦争が起きかねないような代物だ。説明書きにあったような悲劇を繰り返してしまうだけだろう。

こういうのは深く考えず、バクッと勢いよく食っちまうのが一番だ。せっかく高級なんだし、価値に見合った旨《うま》さであってくれよ。

『やった！　私の取った食材が採用されましたぞ！』

トレントが嬉しそうに跳ねて、次の食材を探しに走っていった。

『お、おい、一応視界の範囲内にはいてくれよ。【気配感知】には引っかからねぇが、ヤベェ魔物が地面に潜んでいることだって考えられるんだから』

アロはトレントが駆けていく背を、対抗意識を燃やした目で見つめていた。俺は苦笑いし……それからこの世界ではすっかり見飽きた、巨大な木へと目を向ける。

【『ノロイの木』：価値L（伝説級）】
【あっという間に一律の長さまで成長する、巨大な木。】
【異様な頑強さと、属性攻撃に対する強い耐性を持つ。】
【失われた本数だけいつの間にか生えてくる。】
【ただし、普通の世界では決して育つことはない。】

【『狂神』状態になる花粉を振りまく。】

……この木が、『狂神』を振りまいている元凶ってわけか。

とんでもねぇ量があるし……俺の『転がる』を弾いたことからも、その頑強さは折り紙付きである。そこらの魔物よりもよっぽど頑丈だ。何ならトレントよりも耐久力がある。焼き払うだの考えるのは無謀そうだな。

「どうしましたか、竜神さま?」

アロの言葉に俺は首を振った。

『いや……後で、落ち着いて話そう。そのための食事の機会でもある』

アロ達には伝えきれていないことや、俺の憶測が沢山ある。なるべく落ち着いた場所で共有しておきたい。

その後も探索を続け、食材は一通り集まった。俺はアロが『クレイ』で作ってくれた大鍋を焼き上げて固め、それを用いてケサランパサランの肉を煮込むことにした。

水はトレントが『アクアスフィア』を用いて用意してくれた。俺は『人化の術』を用いて人の姿になり、水を張った鍋の中へとケサランパサランの肉の残骸を投下していく。

……あっという間に、鍋の水が深緑色に染まっていった。ケサランパサランを鍋に突っ込んでから、明らかに脂が浮き始めている。俺は目を細めて、鍋に浮いた脂を睨む。

このケサランパサラン肉、マジでどうなってるんだよ。こ、これ、本当に食えるのか?

『主殿っ！　野菜も入れますぞ！』

トレントが手に、キノコや花、真っ赤な葡萄擬《ぶどうもど》きを抱えている。

俺はその中にある黄土色の歪なキノコ、金丹茸へと目を向けた。アレ、本当に入れていいんだろうか……。

「ま、大丈夫か」

俺は顎に手を当てながら、そう呟いた。

『主殿？』

「深く考えても仕方ねえな。トレント、放り込んでおいてくれ」

『任せてくだされ！』

トレントはトトトと大鍋へと走り、羽で抱えていた具材を一気に投下した。

「【ディメンション】」

俺の手に、土製の小さな入れ物が現れた。

最東の異境地で用意して、【ディメンション】で保管しておいたものだ。中には塩が入っている。

俺は入れ物を逆さにして、鍋の中へと塩を投下した。加減が全くわからねぇが、こんなものでいいだろう。

『ふむ、変わった色をしておりますな、主殿』

トレントが大鍋の中を覗いて、悪気なさそうにそう漏らした。

俺もちらりと大鍋の中を見る。鍋はケサランパサランの深緑の脂に、赤い果実汁、そして金丹茸から滲《にじ》み出たらしい黄土色の液体の三色に分かれていた。

「信号かよ……」

『どうなさいましたか？』

「いや……ちょっと混ぜてみよう。そうしたら多少はマシになるかもしれない」

トレントが羽を動かし、自分の身体を掻くようにごそごそとし始めた。何事かと見守っていると、綺麗な木の枝を取り出した。

『どうぞ』

「お、おう、センキューな」

そ、そんなことできたのか……。今まで見たことなかったぞ、その特技。

とりあえず、大鍋ができあがった。俺達は大鍋を囲み、食事を始めることにした。ンガイの森の木は固すぎてまともに加工できなかったので、トレントに出してもらった木材を爪で切って簡単に加工して食器の代わりにした。

俺は皿に盛った料理へと目を落とす。結局三色は混ざりきらず、雑に扱われた絵の具受けのパレットみたいな色彩になっていた。

おまけにケサランパサランの緑の脂が膜を張っている。ケサランパサラン……お前はいったいなんなんだ。どういう生き物なんだよこれは。完全に未知の食材過ぎて使い方を誤った気がする。

このンガイの森にはゲテモノしかない。マシそうな食材をシンプルに焼いて食すのが一番だったかもしれない。アロが味覚を楽しめるせっかくの久々の食事が、謎肉の信号鍋になってしまった。

「りゅっ、竜神さま、美味《おい》しそうですね！」

アロが必死の笑顔を浮かべて両手の拳をぐっと握りしめ、冷や汗を垂らしながらそう言った。

アロと視線が合う。アロはじっと俺の目を見ていたが、そのまま三秒ほど経過するとそっと下へと逸《そ》らされた。

……ありがとう、アロ。そのフォローは嬉しいが、アロの天性の素直さが全てを雄弁に物語っている。

「……悪い、アロ」

「あっ、謝らないでください！　私、竜神さまが気遣って料理してくれただけで、凄く嬉しいですから！」

トレントは俺とアロのやり取りを尻目に、皿へとそっと口許《くちもと》を近づけていた。

『うむ！　芸術的な見栄えといい、この芳醇《ほうじゅん》な香りといい、素晴らしい出来ですな！』

「ト、トレント、そう気を遣ってくれなくても……」

『どうしたのですかな？　早くいただきましょう』

トレントは不思議そうに首を傾げる。ま、まさかトレントの奴、本気でこの信号鍋の外観を気にしてねぇのか!?

トレントはアロ以上に嘘を吐けねえ性分だ。

「トレントォ、ありがとうな、愛してるぞ！」

俺は手に持っていた皿を置き、トレントへと抱き着いた。

『わわっ、どうしたのですか主殿!? 零れますぞ！　後にしてくだされ！』

トレントが皿を死守するようしがみつく。アロは俺とトレントの様子を、冷たい目で見つめていた。

トレントから離れ、食事を再開する。俺はスプーンで皿内を乱し、ケサランパサランの脂の膜を散らした。そうっと顔を近づける。

なるほど、匂いは意外と悪くないのかもしれない。鳳凰花の香りが強いな。あれを入れたのに助けられたか。

俺は三色のスープを見つめた後、目を瞑って一気に流し込んだ。

「むぐっ！」

意外と辛い。どうやら鳳凰花のようだ。辛さの中に、ケサランパサランの濃厚な脂と、赤い葡萄擬きの甘みが合わさり、独特なコクを生み出していた。飲み切れば、金丹茸の芳醇な香りが喉の奥から香ってくるのがわかる。

う、旨い！　これいけるじゃねえか！

俺はケサランパサランの肉をスプーンで掬《すく》い、スープと共に口の中へと運んだ。肉が舌の上で潰れ、濃厚なスープと混ざる。熱い肉汁が口の中へ広がった。
ケ、ケサランパサラン、旨いぞこれ。これまで食べた肉の中で一番美味しいかもしれない。
「竜神さま！　このお鍋、凄く美味しいです！　見かけによらず！」

「そ、そうだな」

……やっぱりアロ的にも、見かけはアウトだったらしい。当たり前だが。

食事が終わった。休息がしっかりと取れたところで、今後の動き方と方針についてアロ達に話すことにした。

ケサランパサランとの戦いによって、アロは【Lv：1／130】から【Lv：61／130】へと上がっていた。トレントは【Lv：66／85】から【Lv：71／85】へと上がっていた。

アロの上り幅がとんでもない。これ、下手したらトレントが周回遅れになるんじゃないのか……？

しかし今回は、トレントもしっかりとレベルアップができていた方だ。ほとんどダメージが通っていないように見えていたので、これだけ上がったのは充分快挙といえる。

……だが、毎回進化が見えてきたあたりでレベルは一気に上がり辛くなるのだ。このペースだと、トレントの進化は間に合わない。

『わ、私が、ふがいないばかりに……』

トレントがよろめき、羽を地面についた。

「んなことねぇよ。トレントは、しっかりやってくれてる。……ただ、元々トレントのステータスは、レベル上げに向いてねぇんだ」

俺はトレントの肩に手を置いた。

『主殿……』

「ただ、今回はあんまりしっかり時間を掛けてはいられねぇんだ。わかるか？」

『……はい、重々承知しておりますぞ。今回、私は引っ込んでおこうと……』

「だから、トレントのレベル上げを最優先で行う。そのついでで、天を貫く塔の調査に向かう」

『主殿!?　御冗談でしょう!?』

トレントがびくりと背を震わせ、立ち上がった。

「俺のレベル上げも大事だが、俺はまだ〖最終進化者〗だ。これを解除できるかどうかは怪しい。オリジンマターや、それ以上の相手を突破するために戦力を強化するには、トレントに進化してもらうのが一番早くて確実なんだ」

『それは、そうかもしれませんが……しかし……』

「空の上に、頑丈な相手と、トレントにとって前回は不利な相手だった。それでもしっかりレベルを上げられたんだ。不可能じゃねえ。だが、強引なレベルアップは大きな危険を伴うことになっちまう。……やってくれるか、トレント」

トレントは少し黙ったが、ぐっと羽を広げて士気を示した。

『ま、任せてくだされ主殿！　このトレント、全力で挑ませてもらいますぞ！』

7

『あの黒い球体やらケサランパサランは、正気を奪われた過去の魔獣王と、その残骸みたいなもんだった。……ここから先、この手の魔物は何体も出てくるかもしれねぇ』

俺はアロとトレントに、これまでの仮説を嚙み砕いて説明した。『狂神』についても説明しておいた。不安を煽《あお》ることになるかもしれねぇと思ったが、黙っておくわけにはいかない。

『……この『狂神』は、アロの耐性でも弾けねぇ可能性が高い。発症条件や、時間の目安もわからねぇ。だが、神の声の様子からして、脱出不可能ってことはないはずだ』

神の声は、俺が向こうの世界に戻ることが可能である、という前提で動いている様子であった。

無論、思わせ振りな態度を取っただけで、単に俺をンガイの森に捨てただけ、ということも考えられないわけではない。だが、その可能性は考えない。仮にそうだとしても、どっちにしろタイムアップまで全力で打開策を探す、という目的に変わりはないからだ。

『ほ、本当に、私のレベルを上げている猶予はあるのでしょうか……？』

『少なくとも、俺がレベルを上げて進化条件を整えるより、トレントが進化する方が早いはずだ』

俺は爪で、地面に絵を描いていく。

この森の簡易図である。簡単に木を描いて、俺らの位置に竜の顔を描く。空にオリジンマターを、そして俺らから離れたところに塔を描いた。

『まず、塔を探りに行くんだ。ここに事態を好転させる、何かがあるはずだ。この同じ風景が延々と続く森の中で、この塔だけこれ見よがしに存在してるんだからよ。……そして、この塔に向かう道中で、トレントのレベルを上げて進化させる』

トレントは自信なさそうにしていたが、俺が目線を送るとびしっと直立した。

『まっ、任せてくだされ！』

『頼んだぜ。勿論、俺とアロも支援する』

俺の言葉に続いて、アロが大きく首肯した。

『俺が塔にあると踏んでいるのは、俺の進化上限を引き上げる手段か、あの世界に戻る手段……或《ある》いは、そのどっちもだと推測してる』

「……向こうの世界に戻る手段、というのはわかります。でも、進化上限を引き上げる手段というのは、少し飛躍していませんか？」

アロの言葉に、俺は首を振った。

『神聖スキルは、多分……六つあるはずなんだ。あと二つは、何らかの形で神の声が保有してるんだと、俺はそう考えていた。ここンガイの森は、神聖スキルの保管場所としてこれ以上ないはずだ』

なんなら、神聖スキルを保管するためにこの場所を造って、管理してるのかもしれねぇ。それに神の声は、俺が今の段階では進化できないのは織り込み済みっつう様子だった。

神の声が俺をンガイの森に送り込んだのは、俺を強くするためだ。その動機付けのために派手に『スピリット・サーヴァント』まで見せつけてくれたのだ。

だが、ここから俺が強くなるためには、ちょっとレベルを上げる程度では変化が小さすぎる。レベル以上に何かの意図があるはずなのだ。今の俺がレベルを二十、三十上げたところで、歴代最強の『スピリット・サーヴァント』と急に対等に戦えるようになるとは思えない。

俺は『三つ首の飽食王バアル』と衝突して、完全にステータス負けしていた。あれは多分、レベルの差だけじゃねぇ。ランクが違う。もしかしたら、アロ達の補佐があれば戦えるかもしれない。だが、神の声はアロ達を強くすることに興味があるとは思えない。

そう考えれば、神の声が俺をンガイの森に送り込んだ理由は、次の進化だという仮説ができる。

そしてこの仮説は、神の声がンガイの森に神聖スキルを保管している、という説を補強してくれる。

ただ向こうの世界に戻っただけでは、きっと神の声の『スピリット・サーヴァント』には勝てない。

『そして塔を探った後……俺の目的を達成できていなければ、俺はあの黒い球体、オリジンマターを叩きに行く』

俺は地面に描いている絵の、黒い球体に爪でバツ印を付けた。

『……あ、主殿、奴は恐ろしい魔物でした。無理に戦いを仕掛ける理由はないのではありませんか？』

『オリジンマターは俺の同類……いや、成れの果てだ。目についちまった以上、終わらせてやりてえ。それに、オリジンマターを倒せるくらい強くなれねぇと、元の世界に戻ってもきっと通用しないはずだ』

『そ、そうかもしれませんが、しかし、時間もないのでしょう？　神聖持ちの成れの果ては何体もいるという話でしたし……同情していれば、キリがないかもしれませんぞ』

　俺は首を振った。

『だから、塔で目的を達成できなかった場合だ。オリジンマターは、このンガイの森の攻略の鍵を握っている可能性があると、俺はそう踏んでいるんだ』

「攻略の鍵……ですか？」

　アロが首を傾げる。

『ああ、このンガイの森は〖狂神〗のせいで会話が通用する奴がまともにいねぇ。だから、この森の情報は虱潰《しらみつぶ》しにして探すしかねぇ。俺も最初そう考えていたが……〖狂神〗の影響を逃れられそうな場所が、一か所だけ見つかったんだ』

「じゃ、じゃあ、そこに行けば、この森に詳しい人がいる……？」

『かもしれねぇ』

「それは……」

『オリジンマターの身体の奥だ。あいつの身体の奥は、時間の流れが止まっていて強固な封印になっているらしい』

モンスターの情報を読み取ったときに流れてきたことだ。最初に見たときはとんでもない性質だと思っていた。だが、あの特性は、上手く利用できればンガイの森の『狂神』化作用から逃げ出せるかもしれない。脱出は不可能だろうが、外から誰かがオリジンマターを倒せば解放されるはずだ。

そう考えた過去の神聖スキル持ちがいても、不思議ではない。

オリジンマターを倒せば、会話の通じる神聖スキル持ちが解放される……その可能性は、ゼロではない。仮定の上の仮定で、あまり頼れる策ではないが。

『オリジンマター自体とんでもなく強いから後回しになるし、本当にそこに過去の神聖スキル持ちがいるのかだってわからねぇ。だが、仮に他の手掛かりがなくなっちまえば、そこを当ってみるのも悪い考えじゃあねぇはずだ。オリジンマター自体、倒せれば経験値としてかなり美味しい。まずは塔を目指して、トレントを進化させるのが先だがな』

俺の言葉に、アロとトレントが頷いた。

第2話　死を運ぶ大蛇

1

俺はアロとトレントを背に乗せて、森の中を走っていた。飛んだ方が速いことには間違いないのだが、空中もまた安全ではないとオリジンマターのお陰でよくわかった。下手に空を飛べば、あの手の魔物にまた目をつけられかねない。それに塔まで距離があるとはいえ、今の俺の速度であればそう何日も掛からないはずであった。

どの道、塔に辿り着くまでにある程度レベルは上げておきたい。できればトレントを進化させておきたいんだが……できるかな？　できるよな？

俺はちらりと背後を確認する。トレントは木霊状態で、俺をじっと見つめていた。

『主殿……あんなに言い切ってくださったのに、不安なのですか？』

こ、これだから『念話』持ちは……！

『ちっ、違う！　そんなに不安じゃないぞ！』

俺はブンブンと首を振った。

「そんなに……？」

アロが俺の言葉を繰り返し、首を傾げていた。し、しまった！

俺はトレントの方を見ないようにしつつ、前へと向き直った。

と、とにかく、塔に何かしらの現状を打開できるヒントがあるとしても、オリジンマターにさえ勝てなかった俺が、今の状態で元の世界に戻るわけにはいかないのだ。神の声の〖スピリット・サーヴァント〗は、オリジンマターよりも遥かに強かったはずだ。

俺は〖気配感知〗で魔物の気配を拾えば、なるべく大回りして避けることにしていた。強い魔物であっても、アロとトレントのレベル上げにはあまり美味しくないからだ。

狙うのは『そこそこ』強い魔物が群れで存在するところだ。ケサランパサランのちょっと下くらいのが、いっぱいいるのがありがたい。んな都合のいいことはなかなか起きないかもしれねぇが、それに近い条件の状況を見つけることは、きっとできるはずだ。

今は俺のレベルよりも、アロのレベリングとトレントの進化、そして元の世界への帰還方法、俺の進化上限を取り払う術を抑えることが先決だと考えている。

俺のレベル上げ自体は、オリジンマターと再戦して勝つことさえできれば、大きく進めることができる。伝説級モンスターが他にもいるのであれば、レベル上げの手段には困らねぇし、時間もそこまで掛からないはずだ。

もっとも、勝てるかどうかは別の話になる。ただ、手段と時間に困らないならば、今はそれだけで優先順位は低い。何せ『狂神』と元の世界の状態という、不明瞭な時間制限があるのだ。手段も見つからず、時間もどれだけ掛かるかわかったもんじゃねえ他の目的と比べれば、甘っちょろいもんだ。

……しかし、ここでそれなりの強さの魔物の群れなんて、やっぱりそんな都合のいいものは見つけられねぇかもしれないな。拾う気配、拾う気配、単発のものばかりだった。甘い考えは捨てて、単独の敵を突破して経験値を集めていくしかないか。

だが、そうなると、トレントのレベル上げは、ぶっちゃけ不可能なのだ。トレントのステータスは格上狩りに向いていない。機動力と身を守る手段さえ確保できればいくらでも格上狩りができるアロとは、あまりに対照的であった。

だからこそ、トレントのステータスが恐ろしくレベリングに向いていないことが、俺はこれまでも散々にわかっていた。何ならもう、この世界の仕様にトレントが向いていないとまでいえてしまうかもしれない。

『主殿……』

トレントの寂しげな『念話』が聞こえてきた。

俺は思考を無にして走った。俺が半ば諦めかけていたとき、『気配感知』に無数の気配が引っ掛かった。

口角が緩んだ。数体いれば美味しいくらいに思っていたが、これはかなり多い。まだ確認できちゃあいないが、トレントにとってレベリングのしやすい相手になるかもしれない。

い、いや、安心するな、俺！　そんな美味しいことがあるものか。期待しすぎるな、注意していけ。こういう油断したときこそ、大外れを引かされる前兆だったりするのだ。

「**グォッ！**」

気配が近づいてきたところで、俺の前足が地面に沈んだ。跳ねた泥が身体に掛かる。

俺は一度動きを止め、先の地面を睨む。俺が今立っている場所より、更にぬかるんでいるように思う。どうやら、この辺りが沼地のようになっているようだった。

『アロ、トレント、気をつけろ！　どうやら、この辺りは、敵さんの本拠地らしいぜ』

すぐ近くに気配があった。迫ってきている。隠れて接近しているつもりらしいが、俺にはお見通しだ。そこまで隠匿に長けた相手ではないらしい。

「**ギバァッ！**」

沼地を突き破り、巨大な頭部が二つ、俺を挟むように出てきた。俺は沼地を蹴り、強引に空中へと逃れた。二つの頭部は、口を閉じて宙を喰らう。

青黒い、三つ目の蛇だった。額にも、縦向きの奇怪な瞳がついている。頭しか見えていないが、あの大きさだと全長八メートル前後はありそうだった。そこまで大したことなさそうな奴だが、油断はできない。まずは、ステータスを確認……！

種族：デスキャリー
状態：狂神
Ｌｖ　：64/100
ＨＰ　：632/632
ＭＰ　：453/453
攻撃力：552
防御力：361
魔法力：522
素早さ：660
ランク：Ａ－
特性スキル：
〖HP自動回復:Lv7〗
〖熱感知:Lv7〗
〖忍び足:Lv6〗
〖石化の魔眼:Lv8〗
〖狂神:Lv--〗
耐性スキル：
〖物理耐性:Lv6〗
〖魔法耐性:Lv6〗
〖石化耐性:Lv8〗
〖毒耐性:Lv5〗
〖麻痺耐性:Lv5〗
〖呪い耐性:Lv5〗
通常スキル：
〖クレイ:Lv7〗
〖病魔の息:Lv7〗
〖カース:Lv7〗
〖グラビティ:Lv7〗
〖呪焔球:Lv6〗
〖忌み嚙み:Lv6〗
〖自己再生:Lv6〗
〖穢れの舌:Lv6〗
〖仲間を呼ぶ:Lv5〗
称号スキル：
〖元魔獣王の下僕:Lv--〗
〖最終進化者:Lv--〗
〖死を運ぶ大蛇:Lv--〗
〖森に囚われた者:Lv--〗
〖呪術師:Lv7〗

「グォオオオオオオオオ！」

俺は喜びのあまり、咆哮《ほうこう》を上げた。二体のデスキャリーが、びくっと身体を震わせた。

『あ、主殿、どういたしましたか？』

『来たぞ！　本当に丁度いい敵だ！　マジで、こんなことがあるか！』

これまで上手く行きそうな雰囲気のときは、大抵何かしらの落とし穴があるものだ。だが、デスキャリーは、かなり相手取りやすい魔物だった。ＨＰが高いわけでもなく、攻撃に特化しているわけでもなく、素早さが長《た》けているわけでもなく、魔法が強力なわけでもない。バランス型という名の器用貧乏タイプであった。

ぶっちゃけ進化先としてはあまり美味しくない類《たぐい》の魔物だが、敵に回すとこれだけ楽な相手はいない。ランクもＡ－という、一番俺の求めていたランクであった。

『喜べトレント！　進化までは怪しいが、結構がっつりレベル上げられるはずだ！』

デスキャリーが俺の様子を見て身体をプルプルと震わせた後、大口を開けて俺を威嚇した。

「**ギヴァァァァアアアッ！**」

俺はこちらに頭を伸ばす二体のデスキャリーに背を向け、高度を上げた。デスキャリーが首を伸ばし、追い掛けてくる。

『主殿、逃げるのですか？』

トレントが不思議そうに尋ねる。

『何を言っているんだ。トレントのためだぞ』

『む？』

トレントは首を傾げ、じいっと俺を見る。それからぶるりと身体を震わせた。どうやら俺の意図を読むために【念話】を使ったようだった。

『そうだ、【メテオスタンプ】の威力を高めるためには高度を上げる必要がある』

『あ……はい』

トレントが観念したように答える。

俺はンガイの森を覆う巨大な木の、頭の方まで高度を上げた。デスキャリーはせいぜい全長七メートルほどであるため、ここまでは追いつけない。下の方から俺達を睨んでいた。

『行けっ！　トレント！』

『はっ、はい！』

トレントは空中から飛び跳ねると、宙で『木霊化』を解除してタイラント・ガーディアンの姿に戻った。続けて『ファイアスフィア』で自身の全身に炎を放ち、『スタチュー』によって鋼鉄化した。燃える巨大な金属塊と化したトレントが、デスキャリーへと落下していく。デスキャリーはまさかこんなことが起きるとは思っていなかったらしく、呆然とした様子でトレントを見上げていた。

そりゃ、突然こんなもんが落ちてきたらそうなる。

ダァンと音が響く。トレントが沼の表面と同時に、デスキャリーの片割れの頭部を破壊した音であった。

『メテオスタンプ』が綺麗に炸裂《さくれつ》したのだ。沼の泥が高く跳ねて、大きな柱の飛沫《ひまつ》を上げた。直撃を受けたデスキャリーは、ぐったりと頭部を横に倒し、沼に浮かんでいた。だらんと舌が伸びている。絶命には至らなかったようだが、ＨＰの大半を一気に削ることができたらしい。残った片割れのデスキャリーも、何が起きたかわからず呆然としていた。

準備が面倒で使える機会が限られる分、普通にこの技威力が高いな。ちょっと高めから落としたのも威力の底上げを助けてくれたようだ。トレントにとってランク上のデスキャリーをほぼワンパンできるとは。

『あっ、主殿ー！』

俺が感心していると、下からトレントの悲鳴が届いてきた。い、いかんいかん、トレントが沼地に埋もれたままだ。

トレントが浮かび上がってきた。また『木霊化』のスキルで小さくなっている。

沼地から更に追加で三体のデスキャリーが頭を覗かせた。さっきの『メテオスタンプ』の衝撃に何事かと驚いているようだ。四体のデスキャリーはすぐにトレントを見つけ、一斉にトレントを睨みつけた。

『主殿ォーッ!!』

さっきよりも必死にトレントが『念話』を放ってきた。俺は大急ぎで沼地へと降下した。このままではトレントが喰われちまう。

「〖暗闇万華鏡〗！」

俺の背で、アロが黒い光に包まれる。彼女の輪郭が朧気になり、三体の姿に分かれた。

「〖ゲール〗！」

三体のアロが一斉に〖ゲール〗を放った。三つの竜巻が合わさり、巨大な暴風となって沼地を荒らした。泥水が飛び交う。デスキャリー達の身体が暴風に撥《は》ね上げられた。

『よくやったアロ！』

この隙にトレントを回収する！

俺は沼地まで降り立ち、前脚でトレントを捕まえ、再び高度を上げた。

『トレント！　すげぇダメージ入ってたぞ！』

デスキャリーは防御力も最大ＨＰもそう高くない。トレントの『メテオスタンプ』一発で充分重傷に追い込むことができる。これならサクサクとトレントのレベルを上げることもできるはずだ。

『つ、ついに、私も進化できますか……？』

『……進化はわからねぇけど、うん、レベルは上げられるはずだ！』

……レベル上げは終盤が一気にキツくなるのだ。中盤レベル帯でも伸び悩んでいたトレントが、ここで一気に進化まで持っていけるかは怪しい。というか、多分今回だけではさすがに無理だ。下手に希望を持たせるわけにはいかない。

『そ、そうですか……。進化したら、アトラナート殿とアロ殿を超えられますかな……？』

『……お前、そんな野心があったのか』

ま、まぁ、気持ちはわからんでもない。アトラナートもアロも何かと要領がいい。アトラナートはあっさりＡ－ランクに乗っちまったし、アロは格上狩り性能を活かしてＡ＋ランクになった。トレントは常にアトラナートとアロに対して、微妙に遅れ続けている。

俺は背へとちらりと目をやる。アロがジトっとした目でトレントを睨んでいた。

『と、さっき私が重傷を負わせた個体はどこですかな？　回復される前に止めを刺してしまいたいです。それにどうやら、止めを刺せば多めに経験値が配分されるようでしたからな』

トレントが身体を捩《よじ》り、沼の方を確認する。

この前のケサランパサランとの戦いのとき、アロが弱らせた相手に〖熱光線〗で止めを刺したことがあったな。どうやらあの際に味をしめたらしい。

「あ……」

アロがそう言葉を漏らした。

『どうした、アロ……あ』

俺も気づいた。トレントが弱らせたデスキャリーは〖暗闇万華鏡〗による三重〖ゲール〗に巻き込まれ、既に死んでいるようだった。微かに頭の一部が沼表面に浮いているが、明らかにもう命がなかった。

「ご、ごめんなさい、トレントさん……本当に、わざとじゃないの」

「そ、そう！　狙ってやったわけじゃないの！　距離があったし、細かい制御ができなくって……」

二人のアロがトレントへと謝った。

「えっと……当てたらまずかったの？　倒しておいた方がいいかなって……だ、駄目だった？」

一人のアロが、そんなことを口走った。

別の二人のアロが、白い目でその一人を見ていた。失言をしたアロは、残り二人のアロに取り押さえられ、黒い光へと戻ってアロ本体へと帰っていった。

……〖暗闇万華鏡〗の分身って、微妙に本体と思考がズレているのか？

「ご、ごめんなさい、トレントさん」

残り二人のアロが、ぺこぺこと謝った。

『あ、主殿！　もう一度、もう一度私を落としてください！　今度こそ一発で仕留めてみせますぞ！』

……そ、そう急がなくても。

2

その後もトレントのデスキャリー狩りは案外順調だった。

空高く飛び上がり、トレントを落として〖木霊化〗を解除させ、〖メテオスタンプ〗でデスキャリーを狙う。それが終わったら、アロの〖ゲール〗と俺の〖次元爪〗で全力で牽制して、トレントを回収する。この手順で、合計三体のデスキャリーを仕留めることに成功した。

俺は沼地から回収したトレントを引き上げ、空へと逃れる。最初は危うかったこの動きも段々と慣れてきた。デスキャリーを寄せ付けず、安定したトレントの回収ができている。

『……こ、今度こそ駄目かと思いました』

トレントは俺の前足の先で、ガタガタと震えていた。

……や、やっぱし、怖いか。そりゃそうだよな。

回収ついでにトレントのレベルを確認する。トレントは【Lv：71／85】から【Lv：78／85】

へと上がっていた。も、もう七つも上がったのか!?

デスキャリーはA級下位で、トレントより上のランクだ。それに今は『魔王の恩恵』の効果で取得経験値量が倍になっている。こ、これは、意外とあっさり最大レベルまで持っていけるかもしれねぇ。デスキャリーもまだまだ沼地に隠れていそうな雰囲気だ。

『トレント！　七つもレベル上がってるぞ！』

『ほっ、本当ですか主殿！　よ、よし、じゃんじゃん私を落としてくだされ！』

トレントが嬉しそうにぱたぱたと翼を羽搏かせる。

『行くぞ、トレントッ！』

俺はトレントを沼地へと軽く投げる。またトレントは『木霊化』を解除させ、『メテオスタンプ』で落下していった。俺はすぐさま落ちていくトレントを追いかけて降下し、『グラビティ』でデスキャリー達の動きを封じた。

向こうもこちらの手順はわかっている。馬鹿正直にトレントを落とすだけでは、そろそろ避けられかねない。

また一体のデスキャリーに直撃した。デスキャリーは口から体液を吐き出し、沼地の表面に浮かんだ。トレントを喰い殺してやると集まってきたデスキャリーを、アロの『ゲール』が吹き飛ばした。

『うし、うし、この調子でまだまだレベルを上げるぞ！』

俺が降下して沼地のギリギリまで近づき、トレントを前脚で回収しようとした、まさにそのときであった。トレントの周囲だけ沼の水位が上がったかと思えば、複数の泥水の柱が上がった。泥水の柱はぐねぐねと蠢《うごめ》き、俺の後ろ脚の拘束を始めた。

俺は脚を振るって崩したが、次々に泥水の柱が上がってくる。

な、なんだこりゃ！　デスキャリーのスキル〖クレイ〗か!?　いや、それにしても、手数と規模が大きすぎる。

周囲からデスキャリーの群れが一斉に頭を見せた。に、二十体近くはいる。A級下位が、こんなに隠れていやがったのか!?

俺がトレントを落として悠長に戦っている間に、気配を隠しながらこっそりと集まってきていたらしい。全員三つ目を見開き、殺気立った形相で俺を睨みつけている。相手も〖狂神〗が入っているとはいえ、最低限の思考能力はあるらしい。

甘く見ていた。ワンパターンでだらだら長引かせて戦っていれば、そりゃ対策されるに決まっていた。で、でも、ぶっちゃけワンパでだらだら戦わねぇと、トレントのレベル上げられなかったし……。格上に安全にダメージを通す方法は、トレントには〖メテオスタンプ〗しかない。

『とにかく一旦、上に行かねぇと……！』

デスキャリーが一斉に口を開いた。紫色の炎の球が、四方八方から放たれる。あれはデスキャリーのスキル〖呪焔球《じゆえんきゆう》〗だ。

俺は『ミラージュ』を使って幻覚を見せ、それを囮《おとり》に大きく横へと逃れた。脚に一発『呪焔球』を受けたが、これくらいなら安いもんだ。今更このくらいの攻撃なら、何発受けたってそこまで痛くはない。

俺の幻影に釣られたデスキャリーは、見当外れな方向へと『呪焔球』の追撃を放った。

よし、これでひとまずの難は脱した。ちょっと驚かされたが、二十体も出てきたのはありがたい。俺とアロがどうにか補佐を駆使して対応に慣れさせないようにして、トレントの愚直な『メテオスタンプ』をあの手この手で当てていくしかない。

そう思って上空へと逃れようとした、そのときであった。沼地の中で何かが煌《きら》めいた。そう思った瞬間、沼の表面を貫いて何かが俺へと迫ってきた。デスキャリーなんかとは比べ物にならないほど速い。

視認するまで全く何の気配もなく、デスキャリーの群団に意識が向いていたこともあり、完全に対応が遅れちまった。

迫ってきたのは、赤紫色の人間のようであった。瞳は青白く輝いており、全身滑《ぬめ》り気のある粘液に覆われており、とにかく気色悪かった。不気味なことに、そいつには両腕がなく、そして胴体が信じられないほど長かった。沼地からまっすぐに身体が伸びている。

そいつは俺の胸部に張り付き、肉に喰らいついてきた。その瞬間、吐き気と眩暈《めまい》に襲われた。俺の状態異常耐性を、貫通してきやがったのか……？

「**ガァッ！**」

俺はトレントを摑んでいるのとは逆の前脚で払い除《の》けた。

そいつは宙で身体を撓《しな》らせ、豪速で俺の背後へと回り込もうとしてきやがった。俺は後方へ飛びながら腕を伸ばし、その動きを阻止する。爪に弾かれた不気味なそいつは、飛んできたとき以上の速度で沼地へと身体を戻していく。

な、なんだったんだ、アレ……？　デスキャリー以上のステータスを有しているのは間違いない。だが、あまりにも外見が奇怪すぎる。

「りゅ、竜神さま、今のは……？」

アロが恐る恐る俺へ尋ねる。

『わからねぇ……へ、蛇、なのか？　気をつけろ、次はアロを狙って飛び掛かってくるかもしれねぇ』

俺は胸部の肉を前脚の爪で軽く抉って落とし、【自己再生】で回復した。アレに嚙まれた周囲の肉が腐食していたのだ。今の俺相手にまともにダメージを叩き込んできた上に、状態異常まで通してきやがった。

やってくれる。とんでもねえ猛毒と威力だ。

『……どうやら、この沼地の主さんらしい。急にデスキャリーが統率の取れた動きを見せやがったのも、恐らくはアイツの仕業だな』

俺は考える。

あんなのがいたんじゃ、トレントをぼんぼん沼に投げ込むのは危険過ぎる。あの赤紫の奴が、将である俺を狙ってきてくれて助かった。出てきたタイミングによっては、トレントがさっきの奴の餌食になっていてもおかしくなかった。

『もも、もしかして……中止……ですか？』

トレントが不安げに俺を見上げる。この機を逃せば、しばらく進化できないと考えているのだろう。

俺は首を振った。

『多少の危険は、受け入れねぇとな。元より、俺達には時間がねぇんだ。このンガイの森で、効率的かつ、絶対の安全が保障される道があればいいが、そんな甘っちょろいところじゃねぇだろう』

『では……やるのですな！』

『ああ！　あの不気味なヒョロヒョロをぶっ飛ばして、デスキャリー狩りを再開するぞ！』

俺は沼地を低空飛行しながら【気配感知】で探る。あの得体の知れない赤いヒョロヒョロは、確かに大した速度だった。だが、来るとわかっていれば対応できねぇほどではない。攻撃力もそこそこだが、リリクシーラと比べれば全然軽い。

「**ギヴァアアアッ！**」

デスキャリーの群れが俺へと【呪焔球】を放ってくる。紫の炎の球が俺の背を掠めていく。

「〖ゲール〗！」

アロが暴風を巻き起こし、デスキャリーを吹き飛ばす。同時に沼地の泥が大きく撥ね上げられる。

紫に輝く鱗《うろこ》を持つ、巨大な蛇が沼の奥に隠れていた。デスキャリー達と同じく、三つの目を持っている。コブラの様に胸部が大きく膨らんでおり、エジプト王の棺に似た、黄金の装飾を身に着けていた。背中からは、蝙蝠に似た大きな翼が広がっている。

『な、なんだアイツ……』

赤いヒョロヒョロとは別か……？　そう考えたとき、紫の蛇が口を開けた。牙の奥に、不気味に笑う赤紫の顔が見えた。

『まさか、舌に顔があるのか⁉』

ぞっとした。腕がなく、胴体が異様に長く、奇怪な姿だとは思った。アレは顔のついた舌だったのだ。

しかし、位置は分かった。俺は空中で動きを止めて身を翻し、前脚を振るう。〖次元爪〗の一閃《いっせん》でボス蛇がいた周囲を狙ったのだ。

沼に大きな窪《くぼ》みが生じ、泥水が舞う。手応えはなかった。

……姿を晒したのに、同じ場所には留まってはくれねぇか。

デスキャリーの群れが放った〖呪焔球〗が五つほど、俺目掛けて飛んで来た。俺は身を屈《かが》めて回避する。そのとき、沼の表面を突き破り、ボス蛇の舌、赤紫色の人間が飛び掛かってきた。

速いが、すぐに仕掛けてくると思っていた。今度こそステータスを確認する！

〖メルホテプ〗
種族：アポピス
状態：狂神
Ｌｖ　：130/130（MAX）
ＨＰ　：2154/2154
ＭＰ　：1765/1765
攻撃力：1842
防御力：1369
魔法力：1756
素早さ：2058
ランク：Ａ＋
神聖スキル：
〖畜生道（レプリカ）:Lv--〗
特性スキル：
〖蛇王の鱗:Lv8〗
〖グリシャ言語:Lv2〗
〖人面舌:Lv--〗
〖HP自動回復:Lv8〗
〖MP自動回復:Lv6〗
〖熱感知:LvMAX〗
〖忍び足:Lv9〗
〖石化の魔眼:Lv9〗
〖飛行:Lv6〗〖狂神:Lv--〗
耐性スキル：
〖物理耐性:Lv7〗〖魔法耐性:Lv7〗
〖石化耐性:Lv9〗〖毒耐性:Lv6〗
〖麻痺耐性:Lv6〗〖呪い耐性:Lv6〗
〖落下耐性:Lv6〗〖飢餓耐性:Lv6〗
〖恐怖耐性:Lv5〗〖即死耐性:Lv5〗
〖混乱耐性:Lv5〗
通常スキル：
〖クレイ:Lv8〗
〖病魔の息:Lv8〗〖カース:Lv7〗
〖グラビティ:Lv8〗〖忌み噛み:Lv7〗
〖自己再生:Lv7〗〖穢れの舌:Lv6〗
〖ワイドクイック:Lv6〗
〖ワイドバーサーク:Lv6〗
称号スキル：
〖最終進化者:Lv--〗〖蛇の王:Lv--〗
〖元魔獣王:Lv--〗〖呪術師:Lv9〗

Ａ級上位！　こいつ、元神聖スキル持ちか！

しかし、伝説級じゃなくて助かった。ここでオリジンマターと同格の奴があっさりと出てきたら、今後ンガイの森での歩き方を考え直さねぇといけないところだった。

Ａ級上位、最大レベルは厄介だ。おまけにアポピスはデスキャリー共とは違い、速度と攻撃力に長けたアタッカータイプだ。速さだけなら今の俺に匹敵する。

しかし、攻撃性能に特化している分、打たれ弱い。ステータス差を活かして一撃で仕留めるのが理想だ。

一対一ならば一瞬で決着をつけられていた相手だ。だが、アポピスは沼とデスキャリーに隠れて〖人面舌〗で俺を狙ってくる算段らしい。

俺は向かってくる舌に〖次元爪〗を放とうと前脚を構えたが、動きを止めた。あの舌を切り飛ばしても、倒し切ることはできねぇ。相手に慎重に動かれれば、アロやトレントが何かの拍子に大怪我を負うリスクも増える。身体の端を斬り飛ばすより、本体を直接攻撃する機会を探らねぇと。

「**ヴエ！**」

アポピスから伸びる〖人面舌〗が口を開いた。〖人面舌〗の口の奥から黒い煙が広がり、俺の視界を塗り潰した。

これは〖病魔の息〗か！　この〖人面舌〗、ブレス攻撃までできるのかよ！　けったいな身体の構造しやがって！

アポピスの呪いには掛からねぇだろうが、視界が潰されるのは厄介だ。相手もそれが狙いだろう。

「〖ゲール〗！」

俺の背に立つアロが、俺の顔の前で小さな竜巻を起こし、〖病魔の息〗の煙を散らしてくれた。

〖人面舌〗の動きが見える。〖人面舌〗は、左側から俺の身体を回り込もうとしていた。

俺は翼を前に回して、〖人面舌〗の突進を受け止める。俺の翼に〖人面舌〗が噛みついてきた。

翼が痛い。『人面舌』の歯から、俺の身体に毒が送り込まれてくるのがわかる。

俺は毒で痺《しび》れる身体を気力で動かし、『人面舌』へと前脚の爪を突き立てた。

「ヴッ！」

『人面舌』が悲鳴を漏らす。

『捕まえたぜ！』

俺はしっかりと突き立てた爪を喰い込ませ、力任せに振り回した。

最初から俺の狙いはここにあった。遠距離攻撃を捨てたのは、『人面舌』を引っ張って本体を釣り上げるためだ。

一気に『人面舌』が重くなった。ぴんと身体を真っ直ぐに張って、『人面舌』は苦悶の表情を浮かべている。アポピスが頑張って堪えているらしい。

『悪いが、力じゃ俺に圧倒的に分があるぜ！』

俺は前脚に更に力を込めた。沼地を突き破り、アポピスの巨体が姿を現した。三つの目を見開き、俺を睨んでいた。ここまで力に差があるとは思っていなかったらしい。

俺はアポピスの『人面舌』を引っ張り、俺の元へと引き寄せる。

アポピスは翼を活かして空中で上手く姿勢を整えていた。俺の膂力《りょりょく》に抗《あらが》うのは不可能と見て、カウンターを叩き込んでくるつもりのようだ。

俺は『ミラージュ』で自分の幻影を作り、自身の位置を誤魔化しに掛かった。これでアポピスはカウンターを取り辛くなったはずだ。アポピスが幻影に釣られて無防備になったところへ直接爪の一撃を入れて、終わりにしてやる。

アポピスを充分に引き付けたところで、摑んでいた舌を放し、前脚で頭部をぶん殴ろうとした。

俺の前脚の爪は、寸前のところでアポピスに当たらなかった。アポピスは翼で背後へと飛び、俺の一撃を回避したのだ。

圧倒的に俺優位の衝突だった。だが、アポピスに読み負けたのだ。〖ミラージュ〗が効いてねぇのか!?　アポピスは、初見でピンポイントで幻影を正確に見破ってきやがった。

いや、アポピスのスキルには〖熱感知〗があった。アレがあるから、アポピスは視覚に頼らずに正確な位置を割り出せたのか！

デスキャリーにも〖熱感知〗があったが、奴らは〖ミラージュ〗にあっさり引っかかってくれていた。だからこそアポピスの〖熱感知〗への警戒が薄れてしまっていた。だが、同じスキルであったとしても、使い手によって使い方や精度は異なるものだ。スキルレベルの差もある。元魔獣王のアポピスを、完全にデスキャリーの延長として見ちまっていた。

戦闘経験の数も全く異なるはずだ。〖ミラージュ〗を察知して対策を取ってくる可能性くらい、考えておくべきだったのだ。

アポピスが空振った俺の前脚に喰らいついてくる。前脚が、痺れる。微かに吐き気があった。

アポピスを中心に黒い光が走った。身体が重くなり、高度ががくんと下がる。俺は体勢を崩すことになった。

「**グゥオッ！**」

これはさっき見た『グラビティ』か！　こいつ、このままホームグラウンドの沼地へと俺を引きずり込むつもりか？

俺の体勢が崩れたのを目にして、アポピスは次に俺の頭部へと喰らい掛かってきた。

な、舐めるんじゃねぇ！　俺は身体を背後へ反らしながら前脚を大振りして、爪で一閃を放つ。

アポピスの腹部に当たった。アポピスは体液を撒き散らしながら沼へと落ちていく。

俺は素早く『次元爪』を放って止めを刺そうとした。だが、アポピスの身体を黒い光が覆い、落下速度が急上昇して、一気に沼の中へと逃げて行った。

『や、やりましたな主殿！』

トレントが俺の背で嬉しそうに言う。俺は首を振った。

『……今ので仕留めておきたかった。逃がしちまった』

『忌み噛み』の毒で身体の感覚を狂わされ、『グラビティ』で体勢を崩された。そのせいで俺はしっかりと膂力の乗った攻撃を出すことができなかった。アポピスを仕留めきることができなかったのはそのせいだ。

あいつが攻撃に出てきたのは、舌を掴まれた状態から脱するためだ。今の衝突で大きなダメージを受けたのは奴の方だが、勝負の駆け引きは完全に俺の負けだった。ステータスは圧倒的に俺に分があるが、スキルの使い方ではアポピスが一枚上手だった。

『今ので、普通にやっても勝てねえってわかったはずだ。さっきまで以上に慎重にでてきやがるだろうよ。そうしてそうなると、俺達が困る』

アポピスはもう、まともに〖人面舌〗を飛ばしてくることもねぇはずだ。飛ばしても捕まるだけだってことはわかっただろう。今後は沼地に引きこもって、もっと安全な作戦を取ってくる。

そうなると今の俺は決定打を持てない。引きこもったアポピスを倒すには沼地に近づく必要があるが、そうなるとアロ達の身に危険が及ぶ。

一度アロ達を安全な場所において来るしかないか……？

アポピスを倒せねぇと、トレントのレベリングは中断するしかなくなる。アポピスのいる沼地にトレントを落として、安全に回収できるとはとても思えないからだ。

赤紫の人間が沼地から頭を覗かせた。アポピスの〖人面舌〗だ。

万が一攻撃されても安全なあの身体を外に出して、偵察を行っているらしい。やはり本体のダメージも大きいので慎重になっているようだ。

アポピスの〖人面舌〗の周囲には、デスキャリー達も控えている。飛び込めば、遠近様々な攻撃で袋叩きにしてくることだろう。

『ちっと面倒なことになったな……』

デスキャリーを先に叩けば楽になるが、肝心なトレントのレベル上げができなくなる。俺単体であれば、デスキャリーの攻撃の嵐の中を突っ切ってアポピスを叩くことは難しくないはずだ。

やはりアロ達は一度別の場所に隠れておいてもらうか。

そのとき、俺はふと気が付いた。

今トレントを落とせないのは、アポピスが沼地に潜んでおり、トレントの回収が困難だからだ。

つまり落とした時にアポピスがいるのは問題ないのだ。引き上げる際にアポピスの妨害がなければいい。

そうであれば、ここからトレントを叩き込んで、沼の奥に潜むアポピスを倒してしまえばいいのではなかろうか。〖スタチュー〗のスキルで金属塊になったトレントなら、デスキャリーの攻撃の嵐を無視して突っ込めるはずだ。

それにアポピスも弱っている。攻撃特化で、防御面は脆《もろ》い。A＋だが、攻撃さえ通せばトレントでも倒しきれる相手だ。

あの疑似体の下に潜んでいるのは間違いないのだし、トレントを一直線に落とせば、案外どうにかなってしまうかもしれない。倒しきれずとも、アポピスにダメージを与えられれば、そのまま俺が追撃に出て倒しきることができる。

『主殿……どうされたのですか？　何か考え込んでいらっしゃるようですが……』

トレントが俺へと尋ねる。

『トレント、お前のレベルを一気に上げる方法を閃《ひらめ》いたぜ』

俺はアポピスの【人面舌】を睨みながら、トレントへとそう言った。

『その方法とは……？』

『お前をアポピスへとぶん投げる。【スタチュー】状態なら、一気にアポピスの許《もと》まで突っ込めるはずだ。お前がアポピスを倒すんだ』

『しょしょっ、正気ですか主殿!?』

トレントがぱたぱたと翼をはためかせる。俺は大きく頷いた。

『当然、俺とアロも後に続く。仕留めきれなくても、落ちてきたトレントに意識が向いて、連中はパニックになってくれるはずだ。そこを一気に叩かせてもらう』

『で、ですが……』

『確かに安全な策じゃねぇ。だが、ここでお前がアポピスを倒せれば、一気に最大レベルまで持っていけるはずだ。俺達は、あんまりこの森でのんびりしてるわけにはいかねぇんだ』

アポピスはA級上位、通常、打点の低いトレントでは絶対に手の届かない相手だ。

だが、今回は違う。アポピスは攻撃・速度に特化した典型的なアタッカータイプだ。それも素早さが極端に高い優秀なステータスの代わりに、耐久力が犠牲になっている。今の弱ったアポピスなら、トレントの一撃で止めを刺せるかもしれない。

こんな絶好のチャンスはなかなかない。ここは勝負に出るべき場面なのだ。

『主殿……わ、わかりましたぞ！　やり遂げてご覧に入れましょう！』

トレントは俺の背から遥か下、沼地に立つアポピスの『人面舌』を見つめながら、そう言い切った。

『よし、トレント！　やるぞ！』

俺は高度を上げながら、沼地へと数発『鎌鼬《かまいたち》』を放った。敢《あ》えてアポピスやデスキャリーへの直撃は狙わず、沼への攻撃に留めた。相手の陣形を崩して、トレントへの対応を遅らせることが狙いであった。

下手に攻撃を当てて警戒が強まればチャンスを失いかねないため、わざと外したのだ。アポピスが『人面舌』を引っ込めて完全に逃げに徹すれば、この作戦は使えなくなってしまう。

『解除してくれ、トレント！』

俺はトレントを前脚で摑み、空中へと軽く投げた。

『はい！』

トレントが『木霊化』を解除する。空中でタイラント・ガーディアンの姿に戻った。俺はタイラント・ガーディアンの枝を両前脚で摑んだ。

『行くぞ、トレント！』

俺は『グラビティ』を使った。俺を中心に黒い光が走り、俺とトレントは一気に沼地へと急降下した。

『む……むむむ……うおおおおおおお！』

トレントが悲鳴とも掛け声ともわからない声を上げる。

その落下の最中に、俺はトレントを真下へと投擲《とうてき》した。〖グラビティ〗で落下加速度を増した上で、全力でぶん投げて更に加速させた。

何せ、アポピスの意表を突ける速度で、かつ沼を貫通して致死ダメージを叩き込める威力を出さなければならないのだ。アポピスの耐久力はA級上位としては貧弱だが、B級上位で耐久型のトレントにとっては、相手が弱っているとしても容易に削り切れる値ではない。

トレントは一直線に豪速で落下していった。想定よりも速かった。トレントの〖スタチュー〗が間に合うのかどうか、俺もちょっと怖かったくらいだった。沼地への落下中にトレントが金属化したのを目にして、俺は安堵した。

寄ってきたデスキャリーを撥ね飛ばし、放たれた〖呪焔球〗を弾いていく。アポピスの〖人面舌〗は呆然とトレントを見上げていたが、すぐにその金属塊の姿に押し潰されることになった。

一瞬の出来事だった。轟音が鳴り響いたかと思えば、沼がトレントの〖メテオスタンプ〗に抉られて大きな穴を作っていた。沼が荒れ、衝撃波が広がる。デスキャリー達は荒波に揉《も》まれ、沼にその姿を隠していく。沼に開いた大穴にすぐさま泥が流れ込み、閉じていった。

「ト、トレントさん、生きてる……？」

アロが不安げに呟いた。

俺は穴のあったところを見つめながら、すぐにトレントを追い掛けて飛んだ。

……だ、大丈夫か、これ？　気合い入れて加速を付けすぎたかもしれねぇ。

『スタチュー』の防御性能がどの程度のものなのか、俺には何ともいえない。ここまで力を掛けてぶん投げるべきではなかったかもしれない。

トレントが全然沼から浮かんでこねぇ……。いや、大丈夫なはずだ。これでトレントに仮に……その、万が一のことがあれば、俺に経験値が入ってきているはずだ。多分この状況だと、トレントを倒したのは俺扱いになっちまう。

【経験値を12350得ました。】

【称号スキル『歩く卵Lv：--』の効果により、更に経験値を12350得ました。】

【『オネイロス』のLvが125から128へと上がりました。】

トッ、トレントさん!?　い、いや、違うはずだ……。一瞬、マジでトレントかと思って身体中に冷たいものが走ったが、そんなはずがない。

これは今ので命を落とした、アポピスの経験値のはずだ。トレントのランクとレベルから考えると、高すぎる。アポピスにしては大分少ないが、恐らく俺とトレントが協力して倒した扱いになったために経験値の配分が発生したのだろう。

だとすれば、トレントは無事だ。そして、アポピスも討伐することに成功したようだ。

……これ、アポピスとトレントの経験値の合算だったりしねぇよな？

『主殿ー！　主殿ー！　息が、息ができませぬ！』

沼に近づくと、底から『念話』が聞こえてきた。

俺はそれを聞いて安堵した。よ、よかった……生きているんだな、トレント。

そのとき、沼からデスキャリーの群れが頭部を見せた。俺達を狙っている。

「『ゲール』！」

【暗闇万華鏡】で三人になっていたアロが、デスキャリーに『ゲール』を飛ばして牽制してくれた。

『悪い、アロ、このまま突っ込むぞ！』

俺はそう言うと息を止め、沼の中へと飛び込んだ。そのまま沼の中を一直線に降りた。

前脚に、硬いものが触れた。俺は微かに目を開ける。これは……よくは見えねぇが、トレントの頭か？

トレントは、沼底に身体の大部分をすっぽりと埋めていた。こ、ここまでめり込んでいたのか……。

俺は摑んで引き抜き、そのまま外へと飛び上がって沼地を脱した。ある程度上まで来たところで、ようやくトレントが『スタチュー』を解除した。

『死を覚悟しましたぞ……。沼中で減速する上に、下の地面も柔らかいので、それを考慮した投擲だったのですな。事前に言ってくだされ、主殿……』

『わ、悪い……こんなに速度が出るとは思っていなかった。正直、俺のミスだ。まず大丈夫だとは思ったが、ちょっとヒヤッとした』

『考えなしの結果だったのですか……？』

トレントが冷たい目で俺を見上げる。

『よ、よくやった、トレント！　無事にアポピスを倒せたみたいだぜ！』

まだトレントの目線は少し冷たい。

俺はトレントのステータスをチェックした。トレントは【Lv：78／85】から【Lv：83／85】へと上がっていた。進化目前でレベルを五つも上げられたのは大きい。あと二つレベルを上げれば、進化まで持っていける。

『レベル最大まですぐそこだ！　残ったデスキャリーを狩っていけば、すぐに到達できるはずだ！　進化できるぞ！』

『本当ですか、主殿！』

トレントが幹を張って喜ぶ。

「それでいいの、トレントさん……？」

アロがそう呟いた。

3

アポピスを討伐した後、デスキャリー達をトレントの『メテオスタンプ』によって無事に殲滅《せんめつ》することに成功した。その後、俺達は沼から少し移動したところで休憩をとっていた。

アポピス達との戦いによって、アロは【Lv：61／130】から【Lv：72／130】へと上がっていた。

そしてトレントは【Lv：71／85】から【Lv：85／85】へと上がっていた。

ついに進化可能な最大レベルに達したのである。これまで長かった。永遠を生きるウロボロスの寿命を全て費やしても終わらないのではないかと危惧していたトレントのレベリングであったが、ついに、ようやく今日を以て完遂することができた。

『主殿、ささ、よろしくお願いしますぞ！』

トレントがパタパタと木霊状態の翼を振りながら、急《せ》かすように俺へと言った。

『そうせっつかなくても、しっかりやるからよ』

宥めてはいるが、トレントの気持ちはわかる。これまで本当に長かった。よくぞここまで頑張ったと言ってやりたい。

『魔力強めでお願いいたします！』

『お、おう、勿論全力でやらせてもらうぜ』

進化の際に必要な『フェイクライフ』の魔法のことだろう。……そんな力込めても、変わらねぇと思うんだけどな。ま、まぁ、気持ちとして祝ってやりたいし、毎回なるべく魔力は込めて行っているが。

「トレントさん、頑張って！」

アロも興奮気味にトレントを応援していた。トレントもアロへと翼を向け、呼びかけに応じる。

……んな気合い入れても、多分変わらねぇと思うんだけどな。

俺は早速、『フェイクライフ』をトレントへと放った。黒い光がトレントの全身を覆い尽くしていく。

黒い光の中で、トレントが膨らんでいくのが見えた。急成長というより、最早巨大化のレベルであった。幹が太くなっていき、背丈が伸びていく。……と思っていたら、俺とアロを押し潰さんばかりの勢いで、爆発的な膨張を始めた。
ト、トレントに取り込まれる……！　俺はぽかんと口を開けてトレントを見上げるアロを抱えて、慌ててトレントから離れた。
……五十メートルくらいだろうか。タイラント・ガーディアンの五倍以上の大きさである。これはもう、どう頑張っても抱えられない。

数多《あまた》の木の幹が複雑に絡み合い、巨大な木となっていた。これまで同様、目の窪みと高い鼻も残っている。青々と輝く葉を茂らせていた。

『主殿ー！　アロ殿ー！　どっ、どこでございますか！』

動くたびに衝撃が伝わってくる。存在感がありすぎる。ンガイの森の木より遥かに大きくなっちまった。

『こ、こっちだトレント！』

トレントが幹を回し、こちらを振り向いた。激しく枝を森の木に打ち付け、顔を顰《しか》めていた。今のトレントが下手に動くと、何が起こるかわからねぇぞ、これ。

『主殿……！　アロ殿……！』

巨大なトレントの顔が俺を見る。

い、威圧感すげぇ……。風格は伝説級じゃねぇか。

『……小さくなりましたか？』

お前が大きくなったんだぞ、トレント……。

【『ワールドトレント』：A＋ランクモンスター】

【一つの世界が始まったとき、世界の行く末を見守る者として『ワールドトレント』が生まれると言い伝えられている。】

【周囲のあらゆる動植物は生命力が張《みなぎ》り、土地が肥える。】

【その特性により、『ワールドトレント』を中心に一つの国が築かれることが多い。】

【『ワールドトレント』は国の繁栄を、そして王は義に背いた王政を行わないことを誓う。】

【決して朽ちぬ強靭《きょうじん》な生命力は、人々を永遠に見守ってくれることだろう。】

無事にトレントはA級上位へと進化していた。ワ、ワールドトレント、か……。随分と大層な変貌を遂げたもんだ。

種族：ワールドトレント
状態：呪い
Ｌｖ　：1/130
ＨＰ　：538/1258
ＭＰ　：21/477
攻撃力：197
防御力：553
魔法力：292
素早さ：169（338）
ランク：Ａ＋
特性スキル：
〖闇属性:Lv--〗
〖グリシャ言語:Lv3〗〖硬化:Lv7〗
〖HP自動回復:Lv7〗〖MP自動回復:Lv6〗
〖飛行:Lv4〗〖癒しの雫:Lv6〗
〖不屈の守護者:Lv--〗〖重力圧縮:Lv5〗
〖忍び歩き:Lv5〗〖生命力付与:Lv--〗
〖世界樹の樹皮:Lv5〗〖妖精の呪言:Lv--〗
〖鈍重な身体:Lv--〗
耐性スキル：
〖物理耐性:Lv8〗〖落下耐性:Lv9〗
〖魔法耐性:Lv7〗
通常スキル：
〖根を張る:Lv5〗〖クレイ:Lv5〗
〖ハイレスト:Lv5〗〖ファイアスフィア:Lv7〗
〖アクアスフィア:Lv4〗
〖クレイスフィア:Lv6〗
〖ウィンドスフィア:Lv4〗〖念話:Lv5〗
〖グラビティ:Lv6〗〖ポイズンクラウド:Lv4〗
〖フィジカルバリア:Lv6〗
〖アンチパワー:Lv6〗〖デコイ:Lv6〗
〖スタチュー:Lv6〗〖メテオスタンプ:Lv6〗
〖木霊化:Lv6〗〖バーサーク:Lv5〗
〖ウッドストライク:Lv5〗
〖ウッドカウンター:Lv5〗〖鎧破り:Lv5〗
〖ガードロスト:Lv5〗〖クレイウォール:Lv5〗
〖地響き:Lv5〗〖熱光線:Lv5〗〖樹籠の鎧:Lv4〗
〖死神の種:Lv4〗〖不死再生:Lv4〗
〖人化の術:Lv2〗
称号スキル：
〖魔王の配下:Lv--〗
〖知恵の実を喰らう者:Lv--〗〖白魔導師:Lv7〗
〖黒魔導師:Lv7〗〖竜の落とし物:Lv--〗
〖世界樹：Lv--〗

……た、体力お化けだ。レベル１のステータスだとはとても思えない。

ただ……どうやら、これまで以上に耐久型らしい。経験上、ぶっちゃけ戦いやすいのは攻撃に秀でたタイプの魔物だと思っていたので、そろそろトレントも攻撃型に転向したりしないかな……と密かに期待していたのだが、最後の最後まで耐久型を貫いて、耐久型として完成してしまった。

ま、まあ、このことはトレントには黙っておこう。スキルも増えているし、工夫次第では色々な戦い方ができるはずだ。

素早さに括弧《かっこ》がついているのは、『鈍重な身体』の効果だな。ベルゼバブも同じ特性スキルを持っていた。特性スキル『鈍重な身体』は、速さの基礎ステータスを半減させる。代わりに他のスキルで姿を変えれば、速さを元に戻すことができるのだ。

『どうですか！　どうですか主殿！』

トレントは幹を張って、枝を曲げ、ポージングを取りながら『念話』で尋ねてくる。いつもより思念が強く感じて、頭に響いた。今の姿を随分と気に入っているようだった。

た、確かに強そうではあるんだが……。

『と、とりあえず、木霊状態になってくれ！』

外敵にも見つかりやすそうだ。普段、ワールドトレントの姿でいてもらう機会はあまりなさそうだ。どこを歩いていても目に付いちまう。

『あ……はい。わかりましたぞ』

トレントはしゅんと項垂《うなだ》れる。もっと今の姿を見てほしかったのだろう。

す、すまねぇ、トレント。ちょっと罪悪感を覚える。

トレントは『木霊化』で小さくなった。

木霊状態では前とあまり変わらない。ちょっと身体の色が以前より青々としているような気がするが、まあそのくらいだ。

『まずはおめでとうだな。これでトレントも、無事にA級上位の魔物だ』

『おおっ！　私もついに、アロ殿に並んだのですな！』

トレントは嬉しそうだった。これまで出遅れを感じ続けていたようだったので、それがようやく解消された気分なのだろう。

結構スキルが増えている。特性スキルは『生命力付与』、『世界樹の樹皮』、『妖精の呪言《じゅごん》』、『鈍重な身体』が新たに加わっている。

耐性スキルはこれまでなかった『魔法耐性』が加わった。

そして通常スキルは『樹籠《じゅかご》の鎧』、『死神の種』、『不死再生』、『人化の術』である。

……じ、『人化の術』か。

トレントには『木霊化』があるので、微妙に役割が被りそうだな。人里でも歩き回れるようになれるのは使いどころがあるかもしれねぇが。しかし、トレントが人型になるのか……き、気になるような、なんか不安なような……。

とりあえず一つずつ見ていくか。『鈍重な身体』と『魔法耐性』、『人化の術』は散々見たことのあるスキルだから、今更確認するまでもねぇな。いや、『人化の術』は別の意味で気になるんだけども。


【特性スキル『生命力付与』】

【強大な生命力を有しており、魔力を少し放出すれば枯れた地を即座に花畑にすることもできる。】

【またこのスキルを使っている間、周囲の者のＨＰを無差別に持続回復させる。】

つ、強い……のか？

無差別持続回復がピーキーすぎる。使いどころはあるんだろうか。いや、弱くはないと思うのだが……。嫌いな奴の畑に行って雑草生やすくらいの使い道しか俺には思いつかねぇぞ。


【特性スキル『世界樹の樹皮』】

【ワールドトレントは分厚く頑強な樹皮を持つ。】

【また、樹皮には魔力分解作用があり、樹皮で受けた魔法攻撃のダメージを大幅に軽減する。】

【高価な鎧の防具として用いられる。】

【かつて人の国とワールドトレントが共存していたとき、樹皮を無断で剥がす盗人が後を絶たなかったという。】

か、可哀想……。

守護神的存在だったんじゃなかったのか。たかられてるじゃねぇか。もうちょっとたまには怒っていいんだぞ。


【特性スキル『妖精の呪言』】

【魔法攻撃の直撃を受けた際、木の中に住まう妖精達が同じ魔法を放って反撃する。】

【スキルの所有者の魔法力に拘らず、受けた魔法攻撃と同じ威力で魔法は発動する。】

【このスキルによって発動された魔法は高い指向性を持ち、攻撃してきたもののみを対象とする。】

妖精はよくわからねぇが、要するにカウンタースキルか。『世界樹の樹皮』もあるから魔法には滅法強そうだ。

物理カウンターは『ウッドカウンター』があったな。とはいえ、使ってるところは見たことがねぇんだけど……。基本的にトレントにとって格上の相手と戦うことが多いので、泥臭い殴り合い展開にまずならないのが最大の要因だろう。そうなったら間違いなくトレントは負ける。

殴って殴られての展開になってもいいのは、基本的には相手が自分より明らかにステータスで劣っている場合だけだ。追い込まれた時の最後の手段としてはありかもしれねぇが、自分から好んで戦術にできるスキルではあまりないように思える。

アロはトレントと違って耐久力に欠けるので、格下相手でもラッキーパンチで一気に体力を削られれば窮地に追い込まれかねない。その点、トレントは格下を確実に追い込むのには優れているステータスなのかもしれない。

……じ、地味だな。いや、自然界で安定して生きるには、そっちの方がいいのかもしれねぇけど。

【通常スキル『樹籠の鎧』】
【身体に複雑に絡まった枝を纏い、攻撃を防ぐ。】
【質量を嵩上《かさあ》げして相手を殴打することもできる。】

これは防御のスキルか。攻撃にも応用できる、と……。単純だが、それ故に使い勝手がよさそうだ。

【通常スキル『死神の種』】

【相手に魔力を吸う種を植え付ける。】

【スキル使用者と対象が近いほど魔力を吸い上げる速度は速くなる。】

【魔力を完全に吸い上げた『死神の種』は急成長を始め、対象の身体を破壊する。】


……さ、さらっととんでもねぇスキルが出てきやがった。攻撃力がねぇとは思っていたが、『死神の種』頼りであればそもそも攻撃力はいらねぇのかもしれない。『死神の種』さえあれば、攻撃に耐え続けられれば確実に相手を倒すことができる。

防御と回復しかできねぇのかとちょっと不安だったが、防御と回復に専念して『死神の種』が芽吹くのを待つ戦闘スタイルを前提としている節がある。それで、最後のスキルは……。


【通常スキル『不死再生』】

【自身の生命力を爆発的に上昇させる。】

【使用すれば全身に青く輝く苔《こけ》が生まれ、MPが全体の1%以下になるまで強制的にHPを回復させ続ける。】

【使用中は防御力が大きく上がるが、他のステータスは半減する。】


こ、これまたピーキーな……いや、トレントに限っては今更か。これまでのスキルも、そもそものステータス構成もピーキーなのだ。

完全に防御以外の全ての行動を捨てたスキルだ。ある意味、ワールドトレントの象徴的なスキルだといえるかもしれねぇ。

ただ……このスキルは、気軽に使っていいものではなさそうだ。使えば最後、まともな攻撃手段を一切持てなくなり、そのままMPがほとんどゼロになるまで強制的に実行される。使えるタイミングがないことはないだろうが……あまり、いいことにはならなそうだ。

ステータスが大幅強化されたのは間違いない。それに加えて、面白そうなスキルも増えた。今後動きやすくなったことは間違いないだろう。……トレントが大きすぎて、フルサイズでいてもらうことがかなり困難にはなったが。

……あれ、〖最終進化者〗が見つからねぇぞ。

見間違いかと思って、俺は三回見直した。ない、やっぱりない。な、なんでだ？　ずっと前に食ってた知恵の実だかのせいなのか？

伝説級に進化できるのか？　いや、そんな馬鹿なことはあり得ない。トレントは神聖スキルもない。仮に進化しても、スライムみたいに身体が持たずに崩壊するはずだ。

『どうでございますか、主殿！』

『あ、ああ、ステータスはスゲー上がってるし、スキルも強そうなのが多い。今後、頼りにしてるぜ、トレント』

『本当ですか！』

トレントがぱたぱたと翼を羽搏かせる。

『おうよ！　……そういや、『人化の術』があるみたいだな。ちょっとやってもらっていいか？』

俺がそう伝えると、トレントよりアロの方が先に反応した。

「トレントさん、人間になるんですか？　みたい、みたい！」

なぜかアロが乗り気のご様子だ。興味津々といった調子で目を輝かせている。

『そ、そうですか。では、お待ちくだされ』

トレントは少し勿体振《もったいぶ》ったように、コホンと息を吐いた。トレントの姿がぐにゃりと歪み、シルエットが大きく伸びる。

緑の光の集まりだった身体に皮膚がついていく。そして出来上がったのは、無理やり人型にしたかのような木霊トレントだった。七頭身のペンギンみたいになっている。皮膚は樹皮のようでごつごつとしており、顔も木霊状態と変わらない。

「どうですかなアロ殿」

トレントがチラリと、自信ありげにアロを見た。

アロは、既に関心を失った目をしていた。アロがこんな残酷な表情をできるとは、俺は今日まで知らなかった。トレントの木霊状態は気に入っていたが、今の姿はなしだったらしい。

「ア、アロ殿……？」

「あっ、え、えっと……ご、ごめんなさい、トレントさん」

アロはコメントを控えて顔を逸らした。

「そ、そうでございますか……」

トレントは寂しげにアロを見つめていたが、救いを求めるように俺へと目を向けた。

「主殿！　ど、どうでございましょうか！」

『うん、なんつうか、どっかの島で、アダムとイブに挟まれて出てきそうだな』

まぁ、スキルレベルも低かったしこんなものだろう。俺も最初の頃はヤバイ魔物だと思われて半殺しの目に遭ったものだ。

トレントはすぐに【人化の術】を解除して木霊の姿に戻り、俺達に背を向けていじけ始めた。

『……もう二度と使いませんぞ』

『わ、悪い、トレント……その、悪気はなかったんだ。げ、元気を出してくれ。スキルレベルを上げるまでは、こう、不気味の谷の住人みたいになっちまうんだよ、あのスキル』

トレントは俺の言葉に反応を見せない。アロもどう言葉を掛けるべきかわからず、あわあわとしていた。つい完全に素の反応を見せてしまったのを後悔しているようだった。

4

トレントの進化を確認してから少し食事休憩を挟み、俺達は天穿つ塔への歩みを再開した。ワールドトレントでは移動に難があるため、今のトレントは木霊状態になってもらっている。

『……アレは控えた方がいいな』

俺の目線の先には、このンガイの森の木を超える巨大な背丈を持つ、巨人の姿があった。全長はワールドトレントとどっこいどっこいといったところだろうか。

黄土色の肌をしており、顔の上部と下部にそれぞれ大きく裂けた口があった。顔の中央に巨大な眼球がついている。そして足は一本しかない。だが、その一本が胴体ほど太く、歪な身体をしていた。ぴょん、ぴょんと跳ねるのだが、その度に大きな地響きが走る。完全にアダム枠の魔物だ。つうか、アダムの進化体だったりしねぇだろうな、アレ。

『そうですな……。大きいから強いとは限りませぬが、あれは異様なものを感じますぞ』

トレントが俺の背で頷く。

体格イコール強さではない。ワールドトレントは俺より遥かに巨体だが、ステータスでは圧倒的に俺が勝っている。だが、勿論目前の巨人の強さは確認済みである。

【『ユミル』：L（伝説）ランクモンスター】

【異形の姿を持つ巨人。】

【ただ歩くだけで千の木が折れ、渇きを潤すために湖一つ干上がらせる。】

【彼の怒りを買えば、一つの大陸が沈むと云われている。】

……これは、近づかねぇ方が無難だ。

戦えば俺でも勝てるかもしれねぇが、今は無理に格上に挑む必要はない。俺のレベルが最大になってもどうせ進化はできないからだ。

レベル上げを優先したいのは、レベルの大きな急上昇が見込める、アロとトレントだ。そのためには、そこそこのランクのモンスターを、数狩るのが効率がいい。強い魔物は避けて、それなりの魔物が群れているのを探す。今の俺達の方針はそうなっている。

それに、どうやらこのンガイの森では、伝説級はさして珍しくないと見える。俺は経験値四倍スキルがある上に、伝説級は経験値の入りがこれまでとは桁違いだ。そこまで最大レベルまで遠くはないのだし、今リスクを取って時間を割いてまで、この手の敵に挑むメリットはない。

加えて、どうせ伝説級モンスターに挑むのならば、オリジンマターと再戦したいという考えがある。オリジンマターは、内部に取り込んだものを封印し、その時間を止める、というスキルを持っていた。倒せば、何らかのオマケを手に入れられる可能性があるのだ。

『ユミルが馬鹿みてぇにでかいお陰で、否応なしにこっちが先に発見できるのはありがてぇな。奴とはまだかなりの距離が開いている。向こうさんには、俺達なんて米粒みたいなもんだ。そうそう見つかることはねぇだろう』

『……やっぱり私は通常サイズでいない方がよさそうですな』

俺の言葉に、トレントがしみじみとそう言った。

もしもトレントがワールドツリー状態であれば、あのユミルから発見されて追い掛け回されていたはずだ。そう考えるとぞっとする。俺は、あんなのと追いかけっこするのはごめんだ。

『ただ、塔と近いのが不穏だな。塔の近辺を徘徊してるわけじゃねえだろうな』

既に目的地であった塔にはかなり近づいている。今日中に到着できるペースであった。

あっさり外に出られるとは思わねぇ。それに、俺自身、今の強さでは神の声の『スピリット・サーヴァント』には敵わない。まだ、俺はこのンガイの森で強くなる必要がある。

しかし、あの塔には、何らかの状況を進展させるヒントがあることには間違いないのだ。

何が待ち受けてるのかはわからねぇし、神の声の意図通りに動かされている気がして気に食わねぇ。だが、今はそうするしかないのだ。

俺の脳裏に、神の声の不気味な姿が浮かんだ。

待っていろよ、神の声……！　すぐに力をつけて戻って、お前と決着をつけてやるからよ。

『主殿！　前！　前！』

「竜神さま、竜神さま！」

ふと気が付くと、アロとトレントが必死に俺へと呼び掛けていた。

『っと、すまねぇ。この地でもそれなりに進展があったし、ちっとこの先の考え事を……』

ドンドンドンドン、と激しい地響きが響いている。嫌な予感がして俺は顔を上げた。ユミルが笑いながら俺達へと駆けてきている。

人間や既存の動物とは全く違うその出鱈目な配置の顔であったが、しかしパーツの一つ一つは完全な笑みを作っていた。上下に聳える口は大きく端を吊り上げていたし、鼻は興奮気味に開かれている。そして大きな一つ目は、見開かれている。

そう、それは無邪気な笑みであった。両腕であの頑強なこの森の木を薙ぎ倒し、大地を揺るがしながら俺へと近づいてきていた。間違いなく俺より力が強い。

まあ、そりゃそうか。俺は魔法攻撃と、スキルのトリッキーさが売りだからな。暴力の本職には敵わねぇ。

ユミルと目が合った。ユミルの瞳が、僅かに大きくなった。これは俺達に関心を持っている証だ。動物は目前のものに集中すると瞳が大きくなると、そんなことを聞いたことがある。

俺はしばらく感じたことのなかった類の恐怖を覚えた。

『逃げるぞ、アロ、トレントォ！』

俺は背を上下させてアロとトレントを撥ね上げ、素早く口でキャッチした。その後、地面を蹴って即座に〖転がる〗を使った。

さすがに俺の〖転がる〗の速度には敵わないようだ。ユミルの駆ける音がどんどんと遠ざかっていく。完全に聞こえなくなった後も、しばらく俺達は〖転がる〗で移動していた。間違いなく振り切れたという自信ができてから、俺はアロとトレントを解放した。

『び、びっくりしましたぞ……』

トレントが俺の口から転がり出て、地面を這ってから立ち上がった。

『わ、悪い、トレント……。距離があったから大丈夫だと思ったんだが、アイツ、かなり目がいいな。もう二度と会いたくはねぇが。アロも、悪かった。俺が『竜の鏡』で隠れてれば、こんな逃げ方しなくても済んだんだがな』

アロはうっとりとした顔で、自分の身体の匂いを嗅いでいた。

「竜神さまの匂いがする……」

『アロ……？』

「は、はいっ！」

アロはびくっと身体を震わせ、直立した。

……だ、大丈夫なんだろうか？　最近たまに、妙な様子を見かけることがあるが。

『一気に移動したから、変な魔物に目をつけられてなきゃいいんだが……』

普段『転がる』移動を避けているのはそれが理由である。

これでまた塔へと大きく近づけはしたが、このンガイの森は、無計画に疾走していいものではない。ユミルから逃げるために仕方なかったが、逆にそのせいでユミルより厄介な奴に捕まらないとも限らない。

俺は『気配感知』で周囲を探った。

『ふむ……』

『何か見つけましたか、主殿？』

俺はトレントの言葉に頷いた。

『ああ、探していた手頃な相手みたいだ。今回は災い転じて福となすって奴だな』

周囲から複数の獲物の気配があった。塔に着くまでに、最低でも一回はトレントのまともなレベリングを行っておきたかった。ワールドトレントの力を実践で見せてもらうことにしよう。

「**グゥオオオオオッ！**」

俺は威嚇するために咆哮を放った。周囲の気配が反応したらしく、動きがあるのがわかった。周囲の土が盛り上がり、地中より複数の魔物が現れる。

「**ゲェエェオ**」「**ゲェエエエ**」

全長五メートル程度の巨大ガエルだった。巨大ガエルの身体は赤紫や橙の腫瘍《だいだい》に塗れており、そのせいで身体が膨張しており丸っこい。身体の表面からはジュウと肉の焦げるような音がして、黒い煙を上げている。とにかくそれは、不気味な姿をしていた。

「**ゲェエェオ、ゲェエエエ**」

巨大ガエルがしゃがれた声で鳴く。

【〖疫病蝦蟇《えきびようがま》〗：B+ランクモンスター】

【巨大な蝦蟇。大量の病魔や呪いを身体に飼っており、膨張した身体はそれらによる腫瘍のためである。】

【〖疫病蝦蟇〗の歩いた地は、千年草木が生えないとされている。】

……トレントの天敵って感じだな。A級下位ではなく、B級上位を引き当てられたか。今の進化したてのトレントでもそこまで厳しくはないはずだ。

『主殿！　早速私の本領をお見せいたしましょう！』

『ま、待て！　こんなところでフルサイズになったら、囲まれてボコボコにされるだけだぞ！』

『む……それはそうですな』

トレントが俺の背でしょんぼりとする。

俺は気が付いてしまった。……機動力のない大型の魔物って、どう考えても的にされるだけなのでは？　この先、新トレントが本領を発揮できる日は来るのだろうか……。

「『ダークスフィア』！」

アロが黒い光の球体を飛ばす。直撃を受けた疫病蝦蟇の肉が爆散し、辺りに毒々しい色の体液をぶちまけた。肉を剝がされた下半身がぽとりとその場に倒れる。

や、やっぱり、つええ……。魔法攻撃特化型だし、格下相手ならそうなるか。アロを見るたびに、アロのレベルが上がりやすい理由と、トレントのレベルがなかなか上がらない理由を再認識させられる。

「目的地も近いですし、私も頑張ってレベルを上げますね！」

アロがぐっとガッツポーズをした。

『私の分、残りますかな……』

トレントが心配そうにそう零した。

俺は疫病蝦蟇の周囲を低空飛行して移動することにした。奴らが跳躍して飛び掛かってきても、俺が見てからゆっくりと避けられる高度を意識して飛び続ける。

常に疫病蝦蟇との距離を保つことができる上に、こちらもそれなりの速度で移動し続けている。この状態であれば連中は遠距離スキルでこちらを狙うのは難しいはずであるし、仮に飛んできても充分捌き切れるはずであった。

これなら疫病蝦蟇を振り切りつつ、アロとトレントに一方的に攻撃させることができる。かなり安全にレベル上げを行うことができるはずだ。

『【クレイスフィア】！　【クレイスフィア】！』

トレントが必死に魔法で土球を撃ち出す。その内の一つが疫病蝦蟇に直撃したが、腫瘍の一つが潰れて毒液が飛び出しただけで、本体はケロッとした表情をしていた。ぴょんぴょんと、俺達へと跳ねてくる。

『な、なぜ……？』

「まだトレントさんはレベル1だから……」

アロがそう宥めていたが、理由はそれだけではないだろう。ワルプルギスとワールドトレントでは、初期レベルの状態で魔法力に三倍の差が開いていた。アロなら初期レベルで魔法攻撃を撃っても、一発で瀕死《ひんし》に追い込めていたはずだ。

『……トレント、他に攻撃に使えそうなスキルはないか？』

……『メテオスタンプ』を使ってもいいが、相手は所詮B級上位だ。あれは一回一回にMPの消耗が激しい上に、時間も掛かる。

それにトレントが一気に巨大化したせいで『メテオスタンプ』も少し撃ち辛くなってしまった。あの巨大トレントが空中から落下すれば、どうしても目立ってしまう。ユミルが向かってきたら目も当てられねえ。それしか手がないならそうするが、できれば使いたくはない。

『ま、任せてくだされ！』

トレントは口をもごもごさせてから、ぷっと緑に輝く粒を吐き出した。

疫病蝦蟇の一体に種が突き刺さった。その瞬間、疫病蝦蟇の身体が僅かに緑の光を帯び始めた。

これは、新スキルの『死神の種』か！

『これであの蝦蟇は倒したも同然ですぞ！　一瞬で魔力を吸い尽くしてみせます！』

トレントが得意げに口にする。

【通常スキル『死神の種』】
【相手に魔力を吸う種を植え付ける。】
【スキル使用者と対象が近いほど魔力を吸い上げる速度は速くなる。】
【魔力を完全に吸い上げた『死神の種』は急成長を始め、対象の身体を破壊する。】

このスキルなら確かに、いつかは相手を倒せるはずだ。俺は試しに疫病蝦蟇のステータスを確認してみた。

種族：疫病蝦蟇
状態：狂神、〖死神の種〗
Ｌｖ　：66/85
ＨＰ　：568/598
ＭＰ　：375/377

……先は長そうだった。ト、トレントのレベルがまだ低いからな、仕方ないな。あんまり接近できていないし。

『フフフ、見ていてくだされ主殿！　もう一つ、他の奴に飛ばしておきますぞ』

『……同じ奴に付けた方がいいんじゃないのか？』

『なぜですか、主殿？』

トレントが首を傾げる。

俺のアドバイスで〖死神の種〗を同じ個体に三つつけることにした。だが、三つ目を放ったところでトレントは苦しげに俺の上で寝転がった。どうやら〖死神の種〗の維持は本体を消耗させるらしい。

……なんつうか、やっぱり微妙に使い勝手が悪いんだな。

俺は蝦蟇の周囲を飛び回りながら、トレントが『死神の種』を植え付けた蝦蟇を随時確認していた。だが、動きが鈍る様子が一向に見えない。俺達を追ってぴょんぴょんと近づいた後、今のペースでは追いつけそうにないと思ったのか、苛立《いらだ》ったように俺達を睨みつけ、疣《いぼ》塗れの首を捩っていた。

『ぜぇ、ぜぇ……見てくだされ、あの苦悶の様子を！　そろそろ、そろそろですぞ！』

……本当にそうか？　トレントの方がずっと苦しそうに見えるが……。

疫病蝦蟇はじっとして俺達を睨んだ後に、頬を大きく膨らませた。毒液を噴射するつもりらしい。

結構射程があって速いから、一応気をつけておかねぇとな……！

「〖ダークスフィア〗！」

黒い光の球が飛来し、トレントが『死神の種』を植え付けていた蝦蟇へと炸裂した。毒液が飛び散り、蝦蟇の肉の断片が散らばった。アロはやり切ったという顔で、額を腕で拭《ぬぐ》っていた。

トレントが呆然とアロを見つめている。

『ア、アア、アロ殿……？』

「竜神さま！　今あそこに、私達を狙っているカエルがいたので、優先して倒しておきました！」

『そ、そうか……うん、ありがとうな……』

トレントは俺の背でぐったりと倒れた。もしや『死神の種』にダメージがフィードバックするような効果があったのではと不安になったが、どうやら単に精神的なダメージが大きかったようだ。

「トレントさん、大丈夫!?　しっかりして！　ど、どうしましょう竜神さま！　トレントさん、何か、カエルのスキルの攻撃を受けたんじゃ……！」

アロが必死にトレントを揺さぶりながら、俺へとそう言った。俺は前足で額を押さえ、左右へと首を振った。

アロよ……違うんだ……そうじゃねぇんだ。

『……ト、トレントよ、とりあえず、スフィア系統の魔法攻撃で地道にダメージを与えていって、分割経験値を稼ごう、な？　焦りたくなる気持ちも勿論《もちろん》わかるんだが、一気に稼ごうとするのは逆に効率が悪いぜ』

『はい……主殿……』

トレントは仰向《あおむ》きになって腹部を晒した姿勢のまま、そう言った。げ、元気出してくれ……せっかく進化したところなんだしよ。

『そ、その方法でもレベル50くらいまでなら、そう苦労せずに上げられるはずだからよ。そこまで上げたら、そっからは攻撃もちっとは通りやすくなるはずだ』

その後、トレントには『クレイスフィア』でちょっかいをかけてもらい、アロに仕留めてもらう堅実な戦法がしばらく続いた。

どうにかある程度まではトレントのレベルを上げることができた。

種族：ワールドトレント
状態：呪い・木霊化:Lv6
Ｌｖ　：36/130
ＨＰ　：1275/2483
ＭＰ　：7/764

……初期ステよりは遥かに高くなっているが、ＭＰの限界が近づいていた。進化してもレベルが上がってもＭＰは回復しないので、レベリング前から残りのＭＰ量は少なかった。

『主殿……私にも、魔力を分けてくだされ……』

『ああ、好きに持って行ってくれ。ちょっと一旦距離を置いて休憩しよう』

俺はンガイの木の枝の、高い位置へと逃れる。トレントは木霊の身体から木の根を伸ばし、俺の背中へと張り付いた。前からあったスキル【根を張る】だ。

お前、木霊の姿でもそんなことができたのか……初めて知ったぞ。

『しかし……本当に防御力は高いな』

俺はトレントのステータスを確認しながら、そう呟いた。他のステータスはそこまでだが、既に

【防御力：1120】に到達している。ここまで飛びぬけて防御力の高い魔物はあまり見たことがない。

そろそろB級上位の疫病蝦蟇の攻撃でさえまともにダメージを負わなくなってくるところだ。これまでのなんちゃって耐久型じゃねぇ、防御力がずば抜けて高い。まだ【Lv：36／130】だから、これからもどんどん伸びていくはずだ。

まあ……その反面、未《いま》だに【攻撃力：309】なんだけどな。A＋級なのに……とはいえ、物理攻撃力に頼らなければいいだけの話なのだが。

仮にワールドトレント同士で戦ったら、恐ろしい泥仕合になりそうだ。決着がつくのに二百年くらいかかるんじゃなかろうか。

『よ、よし、そろそろ回復してきましたぞ……』

トレントがそう口にしたとき、下から何かが飛び跳ねてきた。

疫病蝦蟇である。俺は身体を背後へ反らす。疫病蝦蟇が口から毒煙を吐き出したが、アロが『ゲール』で吹き飛ばしてくれた。

「**ンゲェッ！**」

疫病蝦蟇もそのまま風で煽られ、地面へと落下していく。

どうやら『ハイジャンプ』で枝を登ってきたらしい。ここぞとばかりにカエル感を主張してきやがった。

見れば、他の個体もぴょんぴょん跳んで向かってきている。木の下に疫病蝦蟇がわらわらと集まってきていた。

こいつら……かなり量が多いな。今トレントを落とせば、それなりに纏まった数の疫病蝦蟇が一撃で狩れるかもしれない。

『……トレント、やるか？　最低でも四体は吹き飛ばせるはずだ。一気にレベルを上げられるぞ！』

『はいっ！　任せてくだされ！』

俺は一気に高度を上げた。

ワールドトレントが大きすぎて、どこから落とせばいいのかわからないのだ。オリジンマターに見つからない程度の高さで……かつ、ユミルに見つからないようにさっと終わらせたい。

森の木の二倍ほどの高さまで来たところで、空中からトレントを放り投げた。

『いけっ！　トレント！』

一気にワールドトレントの姿に戻った。この身体での【メテオスタンプ】は初めてになる。

巨大なトレントが、一気に下へと落下していった。轟音と共に金属化したトレントが落下していく。地面に落ちると大きな地響きを鳴らし、五、六体の疫病蝦蟇を叩き落した。あまりの爆音に、俺は前脚で耳を押さえた。

『……強いけど、やっぱりこれ、下手には使えねぇな』

「……そうですね」

アロが下の惨状を眺めながら、俺に同調した。

こんなもん何発も撃ってたら、絶対やばい魔物がゴロゴロ寄ってくるに決まっている。何なら元の世界でも使えねぇ。少なくとも、人のいる大陸で使っちまったら、その度に大事件になっちまうことだろう。

『う、動けませぬぞ……』

トレントは無防備に下部を地面に埋めていた。

地面がボコボコと崩れ、下から新たに疫病蝦蟇が這い出てくる。今の大きさのトレントを落とすためにそれなりに上まで飛んでしまったため、俺達は地面まで大きく距離が開いている。

『っと、急いでトレントを回収しねぇと！』

俺はそう思い、慌てて下へと向かった。トレントは疫病蝦蟇に嚙まれたり、舌で殴られたりしていたが、ほとんどダメージを負っていないようだった。どうやらほぼ疫病蝦蟇の攻撃を完封できるところまで防御力が上昇したようだった。

『これなら、行けますぞ……！』

トレントは囲まれながら木の枝を振るい、緑の種を飛ばしていた。【死神の種】だ。疫病蝦蟇はしばらくトレントへと飛び掛かった後、急にぴたりと動きを止めた。

「**ヴェッ、ヴェッ、ベッ**」

身体がデコボコとした膨張を始める。激しく痙攣《けいれん》した後、内側から木の枝のようなものが伸びて、疫病蝦蟇を破壊した。周囲に毒の体液と肉片が飛んだ。

え、えげつねぇ……。本体のレベルも上がっている上に、飛行中とは違い距離も近い。そのため効果が現れるのがかなり早くなっているらしい。

「**グェエッ！**」

飛び掛かってきた疫病蝦蟇の攻撃を、『樹籠の鎧』を纏った枝でしっかりと受け止める。

『【ウッドカウンター】ですぞ！』

身体を撓らせ、『樹籠の鎧』で質量を増した枝で疫病蝦蟇を叩き潰した。

「**オヴェッ！**」

あ、あのトレント、普通に強い……！

『トレント、やるじゃねぇか！』

『見てくだされ、主殿！　やりましたぞっ！』

トレントが大燥《おおはしや》ぎしている。

B級上位複数相手にここまで一方的に圧倒できるだなんて、今までのトレントでは有り得なかったことだ。ついにトレントが開花した瞬間であった。

『ここの蝦蟇共の相手は、このまま私にお任せくだされ！』

トレントが幹を大きく伸ばしながらそう言った。

「私ももう少しレベル上げたい……」

アロが呟く。

俺が苦笑しながらトレントを見守っていると、ドシン、ドシンと、音が聞こえてきた。最初は気に留めていなかったが、どんどん音の間隔が狭く、大きくなってきている。俺が音の方に目を向けると、二つの口を大きく開けて歓喜しているユミルが、遠くからこちらに向かって走ってきていた。

か、かなり距離を開けたはずだったのに、追いついてきやがった！　やっぱり〖メテオスタンプ〗がまずかったのだ。

『ふっふ、今の私に怖いものなどありませぬ！　このままアロ殿のレベルを超えてしまうかもしれませぬな！』

トレントはまだ嬉しそうに蝦蟇と戯れていた。

『トレントー！　逃げるぞおお！　ユミルだっ！　ユミルが来てやがるんだよ！』

『ほっ、本当ですか!?　主殿ォー！　引き上げてくだされー！』

『早く〖木霊化〗で抜けろ！　ワールドトレントを担いで逃げる余裕はねぇぞ！』

俺は大慌てで木霊トレントを回収し、再び〖転がる〗でその場から逃走した。

第3話　天穿つ塔の番人

1

ユミルを『転がる』で無事に振り切ることができた。

俺達は木の枝で休息していた。地面にいたら、突然何が出てくるのかわかったものじゃねぇ。

これまでは『気配感知』でどうにかなっていたが、それで対処できる奴ばかりだとは思えない。

それに、ユミルみたいに猛スピードで向かってくる奴だっているだろう。

『もう二度とあの化け物とは出会いたくありませんぞ……』

アロもトレントも、『転がる』での移動疲れでぐったりしていた。

何はともあれ、疫病蝦蟇との戦いによって、トレントは【Ｌｖ：１／１３０】から【Ｌｖ：69／１３０】へと上がっていた。アロは【Ｌｖ：72／１３０】から【Ｌｖ：76／１３０】へと上がっていた。

ユミルに妨害されて途中中断という形にはなったが、これは大きな成果である。

アロも、トレントも、ある程度まではレベルを上げることができた。この先はどんどんレベル上げが厳しくなってくるだろうが、ひとまずここまで上げられたのであれば、A級上位の戦力として充分見ることができる範囲だ。

これでアロとトレントのレベルを上げる課題は概《おおむ》ね達成できたといえる。機会があれば狙っていきたいが、優先度は下げて考えていいはずだ。後は俺の進化条件の開放……そして、この世界からの脱出だ。

『しかし……なんだ、ありゃ？』

天穿つ塔までかなり近づいてきていた。具体的なサイズがようやく把握できてきた。高さは果てしないとしか言いようがないが、円塔の直径が百メートル近くありそうだ。

思ったよりもずっと大きい。遠くからは縦長の塔にしか見えなかった……まぁ、高さに対して考えれば、縦長なんだけどよ。

塔のことはいい。問題は、塔の巨大な扉の前に、不気味な石像が設置されていることである。

全長十メートル近くある、鎧を纏った巨人の像だった。三十程度の腕がわらわらと伸びており、首は欠けていて頭がない。腕の一本には巨大な剣を握っている。

ピクリとも動かないが……まさか、アレ、魔物じゃねぇだろうな？


【『ヘカトンケイル』：L（伝説）ランクモンスター】

【醜い巨人像。かつての勇者の成れの果て。】

【使命に憑《と》りつかれ人道を見失った彼は、その象徴である頭を失い、代わりに彼の優れた武を象徴するかのように無数の腕を得た。】

【全てを失った彼は他者を守る力を欲し、願いは叶った。】

【だが、既に彼は、守るための何かを持ってはいなかったのだ。】

で、伝説級……出やがったな。どうにも、塔を守っているくさい。

戦闘は避けられねぇかもしれないな。しかし、妙に具体的な説明だな……。

〖ヘカトンケイル〗
種族：ヘカトンケイル
状態：狂神
Ｌｖ　：140/140（MAX）
ＨＰ　：10000/10000
ＭＰ　：10000/10000
攻撃力：1500+200
防御力：4000
魔法力：1500
素早さ：1500
ランク：Ｌ（伝説級）
装備：
手：〖巨像の大剣:L〗
神聖スキル：
〖人間道（レプリカ）:Lv--〗
〖修羅道（レプリカ）:Lv--〗
〖餓鬼道（レプリカ）:Lv--〗
特性スキル：
〖グリシャ言語:Lv5〗
〖気配感知:LvMAX〗
〖HP自動回復:LvMAX〗
〖MP自動回復:LvMAX〗
〖超再生:LvMAX〗
〖過回復:LvMAX〗
〖第六感:LvMAX〗
〖剣士の才:LvMAX〗〖狂神:Lv--〗
耐性スキル：
〖物理耐性:LvMAX〗
〖魔法耐性:LvMAX〗
〖魔力分解:LvMAX〗
〖物理半減:Lv--〗
〖状態異常無効:Lv--〗
〖七属性耐性:LvMAX〗
通常スキル：
〖ハイレスト:LvMAX〗
〖自己再生:LvMAX〗
〖次元斬:LvMAX〗
〖ハイジャンプ:LvMAX〗
〖破魔の刃:LvMAX〗
〖瞑想:LvMAX〗〖影演舞:LvMAX〗
〖自然のマナ:LvMAX〗
称号スキル：
〖天穿つ塔の番人:Lv--〗
〖不動不倒:Lv--〗〖最終進化者:Lv--〗
〖元英雄:Lv--〗〖元魔王:Lv--〗

ななな、なんだあの化け物……！

どこをとっても異様すぎるステータスだった。異様すぎて、どう解釈すればいいのか上手く掴めない。五桁に到達しているステータスなんて初めて見た。

どう考えてもステータスの合計数値が高すぎる。俺が最大レベルになったって、絶対こんなのにならねぇぞ。あまりにインチキ過ぎるだろ……。

だが、ＨＰ、ＭＰ、防御力以外は俺が勝っている。攻撃力も魔法力も、伝説級としては最低クラスだ。アロはかなり危ないが、トレントは数発もらっても耐えられる攻撃力だ。もっとも、トレントではまともにダメージを与えられないかもしれないが……。

経験則だが、防御力の半分程度の攻撃力の攻撃は、まともにダメージが通らない。ヘカトンケイルは【防御力：４０００】であるため、【攻撃力：２０００】に遠く届かない攻撃では、あの石像の身体に傷をつけることも敵わないだろう。

アロの魔法攻撃でも怪しいくらいだ。俺の魔力を吸い上げて魔法攻撃にドーピングを掛け、最大まで魔力を込めた一撃の直撃を取って、ようやく足しになるかもしれない、程度だ。

だが、それもあのガチガチの耐性スキルの前ではどうなるのかわかったものではない。

戦えば、勝てるっちゃ勝てるか……？　耐性スキルがどう考えてもヤバいが、攻撃面はそこまでトリッキーでもねぇ。むしろ伝説級の中では安全に倒しやすい部類かもしれない。

ホーリーナーガやオリジンマターのように、俺でも気を抜けば瞬殺されかねないような理不尽な攻撃スキルは持っていないように思える。

空高くからトレントの〘メテオスタンプ〙でどうにかならねぇか……？　いや、威力を底上げするには、それだけ高くから落とす必要がある。素早さもそこまで高くないが、伝説級としての最低限程度にはある。容易に当たってくれるとは思えねぇ。〘ハイジャンプ〙もあるし、上空からでも塔に接近すれば反応して襲い掛かってくるかもしれねぇ。

……ここから〘次元爪〙で仕掛けるのも、あまりよくはねぇな。所詮遠距離スキルだ。あんなトレント以上の反則級のガチガチ耐久型の敵を〘次元爪〙だけで仕留めきれるかは怪しい。

試すだけならアリだが、相手もどうせ〘次元斬〙を持っている。チマチマ遠距離勝負するより、近接で一気に決めちまった方がいいだろう。

『アロ……トレント、ちっと待っててくれ。あのデカ巨像を、ぶっ飛ばしてくる。対応できない敵が出てきたら、魔法を空に撃つなりして教えてくれ、すぐに戻る』

俺はアロとトレントへと言った。

彼らではまだヘカトンケイルにまともにダメージは通せないし、逆に相手の攻撃は致命打になりかねない。俺ならばヘカトンケイルの攻撃はほとんど痛くはないはずだ。奇妙な奴で怖くはあるが……そこまで苦戦はしないはずなのだ。

2

俺はアロとトレントに待機してもらい、単身で飛んで塔の近くへと移動した。ある程度接近したところで、ヘカトンケイルは何かのスイッチが入ったかのように唐突に大剣を構えた。

やっぱりコイツ……生きてるんだな。ステータスを見てわかっていたが、それでもこんな首のない、大量の腕を持った奇怪な石像が動くところを、実際に見るまで想像ができなかったのだ。

『……自我を奪われて、何百、何千年と、ここの番人をやらされてるんだな。やるぞ、ヘカトンケイル！　お前を終わらせてやるよっ！』

俺は距離を詰めながら〖次元爪〗の一撃を放った。石像の表面に傷が入り、ヘカトンケイルが僅かによろめいた。俺は続けて三度〖次元爪〗を一方的に撃った。

ヘカトンケイルは俺の攻撃を受けながらも、大剣を振り回した。だが、動きが大きい。それにさほど速くもない。攻撃を受けながらの反撃だったこともあるだろうが、リリクシーラと比べればお粗末な動きだった。

俺は高度を上げ、宙で回転して大きく軌道を逸らした。俺の背後に斬撃が生じる。ヘカトンケイルの間合い無き刃、〖次元爪〗を初見で躱すことができた。間合いを無視できるってだけで、避けられないってわけじゃない。なにせ、俺だってハウグレーやリリクシーラには散々回避されてきたから、よくわかる。

俺は再び距離を詰めながら『次元爪』で一方的な攻撃を喰らわせた。極力右の下腹部辺りを重点的に狙っていった。頑丈な奴は、体表を破って内部に攻撃を叩き込んでやればダメージが通りやすい。今までの戦闘経験からわかっていたことだった。なるべく同じ箇所を狙ってヘカトンケイルの石の身体を砕き、その傷を深めていく。

ヘカトンケイルには既に五発『次元爪』が入っている。思ったより、大した抵抗もなくバンバン攻撃に当たってくれていた。異様なステータスにちょっとびびっちまっていたが、案外苦戦することはないかもしれねぇ。このまま安定してダメージを叩き込んでいけるのであれば、飛び回りながら『次元爪』で削っていくだけでどうにかなるかもしれねぇ。

六発目の『次元爪』は大剣で防がれた。直後に大剣を振るい、『次元斬』を放ってくる。俺は避け損ねて肩で受けることになった。鱗が斬られ、血が噴き出した。

だが、大したダメージではない。何発か受けても致命打に繋がることはなさそうだ。連撃を受けることもないので、充分『ハイレスト』や『自己再生』を挟むことができる。そう怯《おび》える必要はねぇだろう。

七発目の『次元爪』も防がれたが、八発目は当たった。完全に対応されているわけではない。

どうする？　このまま『次元爪』連打で押し切れるのなら、わざわざ近づいてやる必要はないかもしれねぇ。思わぬ隠し玉を持っている、なんてこともあり得るのだ。とりあえず、奴のＨＰを確認するか……。

〖ヘカトンケイル〗
種族：ヘカトンケイル
状態：狂神
Ｌｖ　：140/140(MAX)
ＨＰ　：9689/10000
ＭＰ　：9937/10000

よ、予想以上に硬い……！

さすがに『自己再生』やその他のスキルも挟まれているだろうが、『次元爪』で押し切るのはかなりの持久戦になる上に、俺の方が分が悪いかもしれねぇ。ＭＰもバカに高いので、最終的に俺の方が魔力切れで撤退を強いられちまうことになりそうだ。

これは『物理耐性：ＬｖＭＡＸ』と『物理半減：Ｌｖ－』が響いている。ダメージを大幅に減らされちまう。いや、それだけじゃない。ダメージを半減されるということは、回復に必要なＭＰも半分で済むということだ。ＨＰ倍よりよっぽど恐ろしい。

だが、だからといって魔法で攻める気にもなれない。『魔法耐性：ＬｖＭＡＸ』と『魔力分解：ＬｖＭＡＸ』があるからだ。多分、魔法攻撃も似たようなものだろう。

……こりゃ接近戦で仕掛けるしかない、か。どうせ一発殴れば『次元爪』以上のダメージが入るのだ。だったら、こんなのでチマチマMPを消耗する道理はない。

こんな体力お化けと消耗戦なんてやるだけ無駄だ。何せこいつは、俺が見てきた中で、ぶっちぎりでタフなモンスターだ。ウロボロスやワールドトレント、なんてレベルじゃねぇ。

ここまで硬いのはさすがに予想外だった。思ったより面倒な戦いになるかもしれねぇ。

俺は『次元爪』の乱れ撃ちで動きを止め、飛び掛かりざまに勢いを付けて尻尾で殴った。ぶっ飛ばすつもりだったが、ヘカトンケイルの表面が割れて微かによろめいただけで、動かなかった。

ち、力じゃ、こっちが圧倒してるはずなのに……！

俺は尻尾の反動で後方に飛んだため、また間合いが開いたはずだった。だが、その瞬間、ヘカトンケイルの姿が黒い霧に変わり、凄まじい速度で接近してきた。あっという間に俺の横に並び、気づけば大剣を振り上げている。

これはさっき確認している。ヘカトンケイルのスキル、『影演舞』だ。


【通常スキル『影演舞』】

【己の影へと身を沈め、素早く移動する歩術。】


シンプルながらに凶悪なスキルだ。こういう瞬間速度を跳ね上げさせるスキルは侮《あなど》れない。限定的でも、局所でステータス差を覆して来るのは厄介だ。

俺はヘカトンケイルの振り下ろした刃を前脚で受け止め、逆の前足で殴り飛ばした。よろめいた隙に、口を開けてヘカトンケイルの横っ腹に喰らいついた。

馬鹿に硬い……が、捕らえた！　牙はしっかりとヘカトンケイルに突き立てている。このまま至近距離での殴り合いに持ち込んでやる！

ヘカトンケイルの無数の拳が俺へと降り注ぐ。手数が多いのは厄介だが、〖自己再生〗でダメージを打ち消して耐えていく。胸部を前脚で何度も殴りつけてやった。

表皮を砕いてやれば、ダメージも入りやすくなってくるはずだ！

大きく振り上げ、爪を打ち付けにかかる。だが、盛大に空振ることになった。

『あ……？』

同時に俺の牙が対象を失い、口内で激しく打ち合わせることになっちまった。ヘカトンケイルの姿が黒い霧に変わり、拘束から逃れ、後退して俺から距離を取ったのだ。

そうか……さてはこの〖影演舞〗、攻撃のためのスキルじゃねぇんだな。

いや、攻撃でも強いのは間違いない。だが、その真価は、ヘカトンケイルがローコストで窮地から脱するためにあるのだ。

『……どうにもテメェは、泥仕合がお好みのようだな。いいさ、乗ってやるよ』

まずいな……思ったよりこの戦い、余裕がないかもしれねぇ。一気にHPを削られることはないので、楽な戦いになるはずだと俺は思っていた。だが、それはお互いに言えることだったのだ。

ヘカトンケイルと睨み合う。しばしそのまま互いに硬直していたが、俺は自分から飛び掛かった。

こいつ相手に効率的にダメージを稼ぐには、スキルをなるべく使わない方がよさそうだ。ヘカトンケイルは防御と体力、そして回復力に全リソースを費やしている。

こんなの相手にダメージを与えるためなんかにMPを吐き出していたら、こっちが先にバテちまう。身体面のステータス差を活かしてダメージを稼ぐ、恐らくはそれが最適解だ。

タフさが売りのヘカトンケイル相手に消耗戦は避けたいと思っていたが、ヘカトンケイルの最大の強みは泥仕合の強さではない。相手に自分の得意な泥仕合を強要することだ。戦えば戦うほど、そのことを実感させられる。

俺は地面を蹴り、低空飛行でヘカトンケイルへと突っ込んでいく。ヘカトンケイルは大剣を構え、攻撃を合わせようとしてくる。俺はそれを掻い潜り、横っ腹に爪を立てた。

彫像の身体に亀裂が入る。俺は空中で体を曲げて旋回し、再びヘカトンケイルへと飛び込んだ。

ヘカトンケイルは連続攻撃に強い。追い込まれても【影演舞】で逃れられるからだ。ならば、一発一発、確実にダメージを稼いでいくしかない。

ヘカトンケイルは速度で敵わないと考えたらしく、大剣を盾の様に構えて自身の身体を守りに出てきた。大剣を外して身体を狙ったつもりだったが、寸前で守られた。俺の爪が、刃の前に防がれる。

即座に、他の多腕による手刀の嵐が俺へと放たれた。俺は身体を丸めて防ぎながら、背後へと跳んで逃れた。距離を取れたと思ったが、黒い影が目前で実体を取り戻していく。

『影演舞』で追撃に出てきやがった！　俺は両翼で防いだが、その上から振り下ろした大剣の直撃をもらうことになった。翼を穿たれ、激痛が走る。

ぐっ……攻撃に、意識を割き過ぎていた。ヘカトンケイルの攻撃力や速さは低いが、それでも最低限伝説級としてやっていける程度にはある。スキルも優秀であるし、剣技も間違いなく本物だ。勇者の成れの果てということはある。

俺は尾でヘカトンケイルを弾く。ヘカトンケイルは打たれ強く、まともに体勢さえ崩せなかったが、反動を利用して距離を取り直せた。

本当に『影演舞』が厄介だ。不利な形勢を帳消しにし、有利な形勢を継続してくる。これも長期戦の殴り合いに適したスキルだといえる。戦いが長引けば長引くほど、『影演舞』のせいでお互いに入れた有効打の数に差が開いていく。ヘカトンケイルは奇策や偶然による大きな被ダメージを許さず、自分は堅実に手数を稼いでくる。

ヘカトンケイルの攻撃手段が地味であり、ダメージが少ないため、俺は正直あまり身の危険を感じていなかった。だが、ゆっくりゆっくり、確実に疲弊を誘われている。命がゴリゴリ削られているような、嫌な感覚だった。

それがヘカトンケイルの戦い方なのだと理解した今も、しかし不思議と身の危険を俺は感じられずにいた。俺はそれが怖かった。

ヘカトンケイルは俺を倒すための決定打を持たない。しかし、むしろ、平常以上に慎重に戦わなければならない相手だった。

俺はヘカトンケイルから間合いを保ったまま、斜め上方を円を描くように飛び回った。

ヘカトンケイルはカウンターを主軸に動き、俺との速さのステータス差を埋めに掛かってきている。だから、間合いすぐ外側からプレッシャーを掛け続け、ヘカトンケイルから動かざるを得なくしようとしたのだ。

互いに同時に掛かれば、速さに大きな差のあるヘカトンケイル相手に安定して攻撃を通せるはずだった。

ヘカトンケイルの周囲を一周する。ヘカトンケイルは動かない。

もう一周した。だが、ヘカトンケイルは動かない。こちらにプレッシャーを与えようとする動作さえ、まるで見せようとしない。

飛び掛からせるのは諦めて〖次元斬〗でも飛ばして来たらその隙を突こうかと思ったのだが、マジで全く動かなかった。こちらが爪を構えて威圧すれば、それに対して剣を構えはする。だが、それだけだ。

そしてこうしている間にも、ヘカトンケイルはその圧倒的な回復力でじわじわと回復している。それこそ彫像のような徹底した待ちの姿勢であった。こいつに攻めさせるのは絶対に不可能だと、俺はすぐにそう諦めさせられた。

ヘカトンケイルは、自分から動けば不利になるだけだとわかっているのだろう。〖次元爪〗でちょくちょく攻めてもあまり美味しくないし、そうなれば折を見て［次元斬］を飛ばしてくるはずだ。

ヘカトンケイルに策は通らない。ちょっとやそっとでは致命傷に追い込めず、不利な状況はスキルであっさり覆される。

ヘカトンケイル相手には策でなく、手段で戦わなければならないのだ。具体的には、継続して何度も行え、ヘカトンケイル相手に優位にダメージを与え続けられる方法が必要だった。

しかし、俺が何かをしようとしても、ヘカトンケイルは先回りしてその答えを持っているかのようだった。

ヘカトンケイルの性能が鉄壁過ぎて隙がない。正に番人であった。ここまでやったのに、結局ロクにダメージが通っていない。ゆっくりと、しかし確実に追い込まれつつあった。

このままでは駄目だ。これまで通りステータスの差を押し付けていけば勝てるのではないか、という感覚があった。しかし、それでは絶対に勝てないのだ。

相手のステータスを冷静に見て考えれば、このペースだとヘカトンケイルのＭＰを半分さえ削れずにこちらが力つきるだろうと思い知らされた。

方針を切り替える。どうにか相手の防御性能を掻い潜って、連続攻撃や大ダメージを狙っていくしかねぇ。

殴り合っての泥仕合しかヘカトンケイルは受け付けてくれないと思っていたが、このまま相手の土俵で戦わせられていれば、俺はアイツには絶対に勝てない。ＭＰの消耗が嵩んで不利に陥るだろうが、今の戦い方でどうにもならないのだから仕方のないことだ。スキルを片っ端から試して、一見万能防御型に見えるヘカトンケイルの弱点を探る。

俺はヘカトンケイルへ接近し、爪で攻撃してはすぐに離脱する。大剣に妨げられながらも、速度では勝っているので隙を突ければ腕の合間を狙ってダメージを叩き込める。

だが、この攻撃は美味しくはない。というより、ヘカトンケイルの防御面と回復能力が高すぎて、結局消耗の割合ではこちらの方が不利なのだ。【影演舞】への警戒で消極的な攻め方しかできず、一気にダメージを与えられないが、そのせいで小さな打点はヘカトンケイルの防御と回復に打ち消されていく。

正面から殴り合うには、どう足掻《あが》いても俺のステータスが及ばない。だから、この小競り合いはただの様子見だった。

何度か大剣と爪を交わしたところで、俺は距離を置いて【灼熱の息】を放った。猛炎がヘカトンケイルを包み込んでいく。

だが、こいつの耐性の前では意味がないことはわかっている。MPを捨てるようなものだが、視界を潰された際のヘカトンケイルの対応が見たかった。

現状、ヘカトンケイルに勝てる要素が全く見えてこない。だから一つ一つ、俺のできることを確認していく。

炎の中に影が残っている。

奴は〖影演舞〗を使わなかった。〖影演舞〗は窮地からの脱出に使うことができる。本当に危ない場面になるまでMPを温存するつもりなのだろう。どこまでも待ちの姿勢でやってくれる。

俺は炎に向かって突撃し、爪でヘカトンケイルを殴りつけた。ヘカトンケイルが防御のために突き出した、腕の一つが欠ける。

俺は続けてヘカトンケイルの身体に前足を回して抱え、尾で地面を叩いて強引に空へと飛んだ。

く、くっそ重てぇ……。このデカブツ彫像野郎め。

だが、この重量なら勢いよく地面に叩きつけてやれる。これで〖天落とし〗、〖地返し〗と繋げられて、連撃で大ダメージを狙えるなら、話は早いんだが……。

唐突にヘカトンケイルが消え、俺の腕は宙を切った。

……ま、そうなるわな。〖影演舞〗の前じゃ、体勢崩しや空中の形勢有利は意味をなさねぇ。

〖影演舞〗で俺の背後に抜けたヘカトンケイルが、大剣を振り上げていた。

だが、こうなることはわかっていた。易々《やすやす》とそんな攻撃受けるほど、俺だって考えなしなわけじゃねぇ。

俺は〖グラビティ〗を放った。俺を中心に黒い光が展開される。呑まれたヘカトンケイルが、その体勢のまま地面へと落ちていった。

高度は不十分だし、〖グラビティ〗の最大出力を放ったため、はっきりいってMPの無駄遣いになる可能性が高い。

だが、これでまとまったダメージを通せるのならば、剣技はともかく行動自体は単調なヘカトンケイルの弱点となり得るかもしれねぇ。

地面に直撃する瞬間、ヘカトンケイルが影になった。地面に落ちたヘカトンケイルが影から戻る。その際、特に地面とヘカトンケイルがぶつかった衝撃音は響かなかった。

……なるほど、〘影演舞〙にゃ、そんな反則くさい使い方があったのか。あのスキルを使用している間の物理ダメージはこりゃ期待できねぇな。

魔法攻撃ならばチャンスはあるかもしれねぇが、〘影演舞〙中に攻撃を当てること自体が難しいので、検証するのは難しいし、結果が出ても俺では活用できない。〘影演舞〙中を叩くのは諦めた方が無難そうだ。

俺は魔法攻撃力の方が高いので、防御を貫通するならそっちの方が適していそうだ。魔法耐性は万全らしいが、どうせ物理耐性も万全なので同じことだ。

しかし、積極的に攻めて来ず、〘影演舞〙まで持っているヘカトンケイル相手に、〘グラビドン〙が当てられるとは思えない。

スキル〘ワームホール〙には移動先の空間を屠《ほふ》る効果があるようだったが……まあ、これはぶっちゃけ論外だ。移動距離がしょっぱい上に、転移先には怪しい光が生じる。おまけに発動までありに遅い。ヘカトンケイルに対応されないわけがない。

正直、俺がこの先あまりにピーキーな、走るより遥かに遅い伝説の転移スキル〘ワームホール〙

先生を活用できる日は来ないだろう。

戦闘中に上手く使えば、ヘカトンケイルを出し抜いて塔に直接入ることはできるかもしれねぇと思ったが……脳内で座標を向けようとすると、スキルが強引に断ち切られる感覚があった。

何らかの結界のようなものに守られているらしい。もしかしたら中は異空間のような状態になっているのかもしれねぇ。

……まぁ、成功したところで、そのときは何があるのかわからねぇ塔の中に閉じ込められて、今度は出るのも一苦労になるのは目に見えている。元々『ワームホール』さんにそう期待はしていなかった。切り替えていく。

ヘカトンケイル相手に、何かの拍子で倒せる、みたいなことは絶対に期待できねぇ。とにかく虱潰しでスキルを使い、有効な攻撃方法を探る。

MPはこの際考えない。まずは勝機を見つけなければ話にならないからだ。

俺は『アイディアルウェポン』を発動した。オネイロスにはこれがある。相手に適した武器を、好きなように取り出せる。

……まぁ、消耗MPは相応だが、一番可能性があるのはこのスキルだ。どうせ長期戦になる、武器を守り切ればアドバンテージは充分に取れるはずだ。

ただの武器じゃねぇ。硬いものを打ち砕く、そのための武器が必要だ。重い武器……斬撃ではなく、打撃武器、それも、俺の出せる中で最上のものが欲しい。ヘカトンケイルに弱点があるとすれば、その偏ったステータスに他ならない。

ヘカトンケイルはその偏りをスキルで上手く補っているが、対応力に優れた『アイディアルウェポン』ならば、その隙間を穿つこともできるはずだ。


【『オネイロスマレット』：価値L（伝説級）】

【『攻撃力：＋130』】

【青紫に仄かに輝く大鎚。】

【夢の世界を司るとされる『夢幻竜』の骨を用いて作られた。】

【神の世界の楽器を打ち鳴らすために天使が使うと、そう言い伝えられている。】

【この武器の一撃は、対象の物理耐性、防御力を瞬間的に減少させる。】


青紫のグラデーションの掛かった巨大な鎚が俺の前に現れる。柄に花弁のようなものが彫り込まれており、色彩と合わさって美しい武器だった。

俺は素早く『竜の鏡』で前脚の形を変えて『オネイロスマレット』を摑んだ。リーチも得られるので、徒手に比べればヘカトンケイルの反撃をもらいにくいはずだ。

ふむ、『オネイロスマレット』か。防御力特化対策武器で、オネイロス装備だ。悪くねぇはずだ。

ただ、大鎚はまともに扱ったことがない。貝の化け物のシンをぶん殴ったときくらいだ。そこに不安があるが、力でブン回すしかないな。これに懸ける。

これでまともにダメージが通らなければ、今度こそ明確な詰みだ。ヘカトンケイルへの勝ち筋が完全に絶えちまう。

俺は『オネイロスマレット』を振り回しながら、ヘカトンケイルへと向かう。相手の剣の間合いまで入り、大鎚で身体を殴り飛ばす。ヘカトンケイルが衝撃で、先ほどまでより大きく退いた。

よし！　素手に比べりゃ、遥かにマシそうだ。

ヘカトンケイルが大剣を盾のように構える。俺はその上からぶん殴った。ヘカトンケイルの大剣を握る腕を後方に弾けた。

うしっ！　ガードでも堪え切れてねぇ、リーチもある！

ヘカトンケイル相手でも一方的に殴れそうだ。これならさすがにスタミナ負けはしない。

「**グゥオオッ！**」

俺は掛け声と共に、大振りの一撃をお見舞いする。ヘカトンケイルの腹部にまともにぶち当たった。

これは入ったかと思ったが、大鎚に重みを感じた。ヘカトンケイルの多腕が大鎚に絡みついていた。引き離せねぇと思ったら、ガッチリ摑んでやがったのか！　どこまでも面倒な奴だ！

ヘカトンケイルの大剣の刃が、俺の首をまともにぶっ叩いた。俺は敢えて受けた衝撃に流されるよう、背後へと飛んだ。ダメージを抑えつつ、一旦離れて仕切りなおす。

大剣のガードが間に合わなかったのかと思ったが、身体と腕で受けて確実に捕まえるためだったのか！　向こうにダメージは多少通せただろうが、嫌なところに反撃を受けちまった。意地でも俺を捕まえて、ＨＰの削り合いに持ち込むつもりだ。

俺は〖自己再生〗で首を治癒していく。

ヘカトンケイルのＨＰやＭＰ以外のステータスは大したことがないが、それは伝説級の中に限った話である。

気を抜いた瞬間にＨＰをゼロにされちまうような破壊力はない。だが、俺でも回復を挟まずに直撃を数回受ければ、あっという間に殺されちまいかねない。

しかし、今までで一番手応えがあるのは〖オネイロスマレット〗、それは間違いないはずだった。

この殴り合いで突破口が見えなければ、絶対にヘカトンケイルには勝てねぇ。

手札が完全にないわけではないが、一発の大技じゃヘカトンケイルは沈めきれない。そういう意味で、勝ち筋を作れるのは俺の中では〖オネイロスマレット〗だけなのだ。

「**グォオオオッ！**」

咆哮と共に、二度勢いよく殴りつけてやった。

また、ヘカトンケイルの巨刃が俺の首狙いで放たれた。さすがに二度も急所で受けるわけにはいかねぇ。

〖オネイロスマレット〗を片手持ちに切り替え、腕でガードをした。受ける前から〖自己再生〗でくらう準備をしていたが、部位への直撃を受けるには重い攻撃だった。身体に腕を付け、衝撃を流す。

逆側に抜けた大剣が素早く切り返され、俺の腹部を穿った。鱗が裂かれ、血が舞った。

こいつ、剣の動きに無駄がねぇ！　さすが、こんな異形になっても、元は歴代最強格の勇者様だっただけのことはある。大鎚の重さで動きが遅れたことはあるが、それ以上に技量で負けている。

だが、強引でも押し切るしかねぇ！　俺は自分の体勢を無視して大鎚でぶん殴る。

ヘカトンケイルのお返しが俺の身体を抉る。だが、わざわざのけ反っていちゃあ追撃を受ける。

俺は痛みを堪え、更に一撃を入れてやった。

またヘカトンケイルは反撃の刃を振るう。さすがに俺は背後へ逃げた。

その場で堪えれば、威力が受け流せず余計なダメージを負う。その上連続で攻撃を受ければ、俺のＨＰでも簡単に空になっちまう。

ヘカトンケイルは攻撃力が低いとはいえ、やっぱりＨＰ一万との意地の張り合いは苦しい。この作戦でも、定期的にこちらから引いて回復の機会を作る必要がある。

ヘカトンケイルは追撃に出てこなかった。俺は安心して『自己再生』を行う。

ヘカトンケイルは徹底して攻勢に出てこない。こちらの攻め方は限定されるが、安全に回復を挟みやすいので悪いことばかりではない。

もっとも、一度『影演舞』での追撃に出てきたので、確実に攻撃を通せると判断されればさすがに攻めては来るだろうが、無理をして深追いしてくることはあまりないというのは、覚えておくべきだろう。

しかし、あれだけぶん殴ってやったんだ。これで二割でも削れていてくれれば、勝ち筋がないわけじゃねぇが……。

〖ヘカトンケイル〗
種族：ヘカトンケイル
状態：狂神
Ｌｖ　：140/140(MAX)
ＨＰ　：9821/10000
ＭＰ　：9703/10000

さすがにこれは、洒落《しゃれ》になってねぇな……。

俺だって決して軽くないダメージを負っている。それでたった五パーセントも削れてねぇっていうのは、いくらなんでもキツすぎる。もうちょっとは削れている自信があったが、どうにも回復スキルの効率がこいつは良すぎるらしい。

厄介なのは防御力と体力だけじゃねぇ、一番面倒なのは回復スキルかもしれない。今のペースだったら、死ぬ気で戦っても三割削るのが限界だ。こいつ、頑丈ってレベルじゃねぇぞ。

ようやく気が付いた。俺は今の今まで、ヘカトンケイルを甘く見ていた。基礎パラメーターの数値が低く、派手なスキルもないからだ。

こんなの倒しようがねぇと思いながらも、頑張ればどうにかなるんじゃねぇか、どうせ機会はいくらでもあるんだから今までの死線と比べりゃ大した相手じゃねぇと、そう思っちまっていた。

伝説級で、レベル最大で、それでこんな甘っちょろい攻撃力であることを、俺はもっと恐れるべきだったのだ。戦えば戦うほど、ヘカトンケイルが大きくなっていくかのような錯覚さえ覚えていた。

……いや、諦めるんじゃねぇ！　まだだ、まだやれることはあるはずだ。

「**グゥオオオオオオッ！**」

俺の身体が光に包まれ、巨大化していく。『竜の鏡』である。

スキルによる巨大化を維持するのはＭＰの燃費が悪く、耐久型のヘカトンケイル相手には自殺行為だ。だが、ヘカトンケイルにダメージを通すには、攻撃力を根本から引き上げるしかない。

巨大化に従い、体表が紫の鱗に覆われていく。牙が、爪が、より太くなっていく。

俺はディアボロスの姿になった。身体に合わせ、『アイディアルウェポン』で『オネイロスマレット』も大きくする。

この姿であれば、三割近い攻撃力の補正を得ることができる。ＭＰを一気に使い切るつもりで攻め続けてやる！

3

俺はエルディア……ディアボロスの姿で、〖オネイロスマレット〗の一撃を放った。ヘカトンケイルは相変わらず身体で受け止め、大剣の一撃を返してくる。

こちらが大きくなったので、攻撃を受け止めやすい。被弾ダメージはさして変わらないが、これなら体勢を崩されずに即座に反撃に出られる。

俺はヘカトンケイルと互いの身体を斬り合った。数度斬り合った後、顎にまともに刃を受けた。

スキルに頼らない、至近距離での武器を用いた交戦は、長くなればなるほど、どんどん地力が露呈していく。だが、消耗ＭＰに見合っているかはともかくダメージは通っているはずだ。

俺はそう信じ、ヘカトンケイルのステータスを確認した。だが……今回も、思うように敵のＭＰは減っていなかった。

確かに与えているダメージは増えているはずなのだ。

オネイロスの爪であれば、二百程度しかダメージになっていなかった。〖オネイロスマレット〗では四百近くダメージが入っているし、〖竜の鏡〗でディアボロスの姿を得てからではそれが五百近いダメージになっている。最初の倍以上はダメージが通っているのだ。

しかし、それだけだ。結局のところ、持てるスキルを駆使して底上げしても、圧倒的に打点が足りない。ヘカトンケイルの最大ＨＰと最大ＭＰはどちらも一万なのだ。

俺は『オネイロスマレット』をヘカトンケイルへぶん投げた。ヘカトンケイルは大剣で防ぎ、大鎚は地面に突き刺さり、光の集まりへと戻って消えていった。

……これじゃ駄目だ。『オネイロスマレット』の防御力軽減は効果的だが、今の俺の補正程度ではヘカトンケイルを倒せない。

俺は『アイディアルウェポン』で新たな武器を生み出す。青紫に輝く大きな剣が、俺の手元に現れた。

【『オネイロスライゼム』：価値L（伝説級）】
【『攻撃力：＋240』】
【青紫に仄かに輝く大剣。】
【夢の世界を司るとされる『夢幻竜』の牙を用いて作られた。】
【この刃に斬られた者は、現実と虚構が曖昧になり、やがては夢の世界に導かれるという。】
【斬りつけた相手の『幻影耐性』を一時的に減少させる。】

……『幻影耐性』減少効果は、『状態異常無効』のクソ鉄壁耐久の前ではあまり期待できない。

だが、剣でないと使えないスキルもある。

俺は『オネイロスライゼム』に魔力を込める。刃を聖なる光が纏っていく。

【通常スキル『闇払う一閃』】
【剣に聖なる光を込め、敵を斬る。】

【この一閃の前では、あらゆるまやかしは意味をなさない。】
【耐性スキル・特性スキル・通常スキル・特殊状態によるダメージ軽減・無効を無視した大ダメージを与える。】

このスキルであればレベル最大の『物理耐性』と『物理半減』を無視した上で、特大ダメージを叩き込める。ヘカトンケイルの高い防御力もそうだが、それ以上にこの二つの耐性スキルが大きい。ここを無視できれば、ヘカトンケイル相手でも大打点を稼ぐことができるはずだ。

だが、このスキルには問題がある。聖なる光を纏っている間、武器が異様に重くなるということだ。

それにこのスキルは一部の敵への強力なメタになる代わりに、ＭＰの消耗が激しい。それに当たったところで、あの恐ろしく高い防御力とＨＰについては自力で削る必要があるので、結局三発や四発で沈めきれることはないだろう。

俺が接近すると、ヘカトンケイルは影になって退避し、俺から距離をとった。『影演舞』を正面攻撃の回避に使ってきやがった!?

ヘカトンケイルは『影演舞』の多用を嫌っている節があった。強力なスキルだが、ＭＰの消耗は相応にあるのだ。使わせられた、ということはマイナスではない。

俺の大振りを、ヘカトンケイルは『影演舞』で背後へ跳んで逃れる。二度目の大振りを更に『影演舞』で逃れる。

徹底して『闇払う一閃』とはぶつからねぇつもりらしい。元勇者、というだけのことはある。

【闇払う一閃】の強さをよく理解してやがる。

【闇払う一閃】の光が弱まったため、俺は魔力を補充する。クソッ！　俺ばっかりＭＰを削られてやがる！

『……お前の守るものは、全部神の声に奪われちまった後だろうが！　あいつに利用されて、勝手に何千年も塔の守護者に仕立て上げられて……お前はそれでいいのかよ！』

三度目の大振りを、しかしまた【影演舞】で回避される。

『オ……オ、オ……』

苛立ちで放っただけの【念話】で、返事があるとは思っていなかった。だが、ヘカトンケイルらしき思念を拾えた。ヘカトンケイルに【念話】はないが、【念話】には思念を発する力と、そして拾う力がある。

……まさか、こいつ、まだ自我の欠片《かけら》が残っているのか？

『オ、オレ、ニハ……使命ガ、アル』

ヘカトンケイルが構えを変える。四度目の大振りを【影演舞】で回避しながら、俺の死角へ回り込んだ。

しまった、次も回避だと思い込んじまった！　だが、まだこの距離ならガードは間に合う！

『ココハ通サナイ』

これまで以上に鋭い突きが、『オネイロスライゼム』を綺麗に抜けて俺の胸部を穿った。

「**グガッ！**」

あ、明らかに、今までと剣技のレベルが違う！　過去の勇者だけはあると驚かされていたが、どうやら『狂神』化で鈍った上で今までの技量だったらしい。

呼び掛けが裏目に出るとは思っていなかった。何がどう作用した結果なのかはわからねぇが、自我の片鱗を取り戻しても、ここの番人が自分の役目だと信じていやがる。

多腕で首のない異形の彫像だが、しかし真っすぐな剣の構えと、整った腕の配置に気品を感じさせるものがあった。ただでさえ突破口がねぇのに！

『テメェの使命は、神の声の犬になることなのかよ！』

地面へ振り下ろした『闇払う一閃』を、ヘカトンケイルは『影演舞』もなしに完全回避して見せた。

即座に隙を突いて放たれる剣撃。俺は『オネイロスライゼム』を手放して背後に飛んで身体を捩り、爪でどうにか受け止めた。

こいつ……マジで洒落にならねぇほど強いぞ。仮にヘカトンケイルが持久型でなく攻撃型の進化を遂げていれば、まともな勝負にならずに一瞬で殺されていたかもしれねえ。

ヘカトンケイルが大剣を振るい、俺の腰を狙う。俺は避けも防ぎもせずに身体で受けた。

反撃せず、敢えて様子を見る。ヘカトンケイルは続けて大剣を振るう。

ここだっ！　俺は腕で、ヘカトンケイルの大剣を摑んだ。

今のままじゃ勝てない。だが、最後にもう一つ試しておきてぇスキルがあった。オネイロスの最大攻撃力を誇るスキル、〘ヘルゲート〙だ。

【通常スキル〘ヘルゲート〙】

【空間魔法の一種。今は亡き魔界の一部を呼び出し、悪魔の業火で敵を焼き払う。】

【悪魔の業火は術者には届かない。】

【最大規模はスキルLvに大きく依存する。】

【威力は高いが、相応の対価を要する。】

大剣を摑んだまま、俺は〘ヘルゲート〙を発動した。

黒い炎が辺りを支配する。炎の中から巨大な漆黒の軀《むくろ》の腕や、頭部が身体を覗かせ、ヘカトンケイルを炎の中に引きずり込もうとした。

「**グゥオオオオッ！**」

俺は大口を開け、ヘカトンケイルへと喰らいついた。ヘカトンケイルの姿が黒い影となり、背後へさっと引いていく。大剣を摑んでいた爪が空振る。

武器も押さえられねぇのかよ……！

〘ヘルゲート〙の代償で、俺のＨＰとＭＰが消耗されていくのがわかる。俺は地面を蹴って前に出て、ヘカトンケイルを追った。

『逃がすかよっ！』

後戻りはできねぇ！　俺はヘカトンケイルを追い越して回り込み、更にもう一発『ヘルゲート』を発動した。

ヘカトンケイルを再び黒い炎が包み込んでいく。ヘカトンケイルの姿が影に変わり、再び遠くへ逃げていく。

周囲は『ヘルゲート』の炎に覆われている。ヘカトンケイルの行く先は限られてくる。ＭＰ消耗を嫌っているはずなので、炎から逃れる最短へ逃げ込むはずだ。

今ならば、当てられる。俺は口を開き、口内にありったけの魔力を溜めた。黒い光の球が形成されていく。

オネイロスは攻撃力より、魔法力の方が高い。『ヘルゲート』で石の外装とＨＰを多少なりとも削れているはずだ。回復される前に、『グラビドン』でぶっ潰してやる！

「グゥオオオオオッ！」

俺の口から黒い光の球が、一直線に放たれた。『グラビドン』の目前に、影から実体化したヘカトンケイルが姿を現し、直撃した。

『ぶっ壊れやがれ！』

黒い光が爆ぜる。土煙が舞った。

俺は膝を突いた。周囲の『ヘルゲート』の光が消えていく。同時に俺の身体を光が包み込み、自身の輪郭が崩れ、小さくなっていく。『竜の鏡』でディアボロスの姿を維持するのが辛くなってきていたのだ。

俺は『ハイレスト』でHPを回復させていく。『ヘルゲート』連打の代償が響いていた。

もう……俺に、これ以上は無理だ。できる攻撃を全力で飛ばした。

土煙が晴れる。ヘカトンケイルが、その場で仁王立ちしていた。巨像に入っていた亀裂が、見る見るうちに再生していく。

【ヘカトンケイル】
種族：ヘカトンケイル
状態：狂神
Ｌｖ　：140/140(MAX)
ＨＰ　：9435/10000
ＭＰ　：8628/10000

……は？　あ、あれだけやって……こんな程度なのかよ……。

薄々気づいていた。ヘカトンケイルを相手取るには、俺では明確にステータスが足りない。

スキル構成を見たときから、ヘカトンケイルの一番シンプルな倒し方はわかっていた。ヘカトンケイルは自分の得意な単純な殴り合いに持ち込むのが得意なのだ。その殴り合いでヘカトンケイルを圧倒できるステータスさえ持っていれば、あっさりと打ち勝つことができるだろう。

要するにヘカトンケイルの対策が云々ではなく、絶望的にステータスが足りていないのだ。戦術の単純なヘカトンケイルのＭＰを、もっと効率的に削る方法はいくらでもあるだろう。

……だが、俺が削れたＭＰは、二割にさえ満たないのだ。仮に三倍効率のいい攻め方を見つけたとして、それでもまだまだ足りない。

こうなれば、すべきことは決まっている。俺は地面を蹴り、空を飛んだ。

今の俺にヘカトンケイル相手の勝ち筋が見えない。ならば、撤退してまたレベルを上げてくるだけだ。

ヘカトンケイルは、空を飛ぶ俺を、欠けた首で見上げていた。追いかけてくるかと思ったが、身を翻し、塔の許へと戻っていった。

……門番っつうだけはある。来る者は叩きのめす、去る者は追わず、か。向こうから一向に攻めて来なかったことといい、本格的に俺を倒すことには興味がないようにさえ見える。

あいつの役目は、塔を守って神聖スキル持ちをこの森で彷徨わせ、【狂神】化を進めさせること、ということか。

まあ、速度じゃ俺が上だ。追いかけっこは打たれ強さや技量じゃ補えない。【影演舞】でも使って強引に追いかけてくるのであれば、それはそれでやりようもあったんだがな。

戦う前は、ここまでヘカトンケイルが強いとは思わなかった。攻撃性能が極端に低いだけで、ヘカトンケイルは俺がこのンガイの森で出会った魔物の中で、間違いなく最強の相手であった。

神の声が、あの怪しげな天まで届く塔を守らせてやがるくらいなのだ。弱い、戦いやすい魔物なわけがなかった。

だが、俺だってヤケクソでスキルを連打していたわけじゃねぇ。どのスキルでどれだけヘカトンケイルに効果があるのか、それを大体確かめることができた。

今すぐに再戦するわけにはいかない。実験でＭＰを消耗しすぎた。だが、ヘカトンケイルを撃破する手立てがないわけではないはずだ。

4

俺はアロとトレントが待機している許へと戻った。

『よくぞご無事で、主殿。……しかし、あの巨像は、駄目であったようですな』

木霊状態のトレントが、少し顔を俯《うつむ》けてそう口にした。

『……ああ、急ぎてぇところだが、今の俺の体力じゃ無理だ。ヘカトンケイルに挑むには、その日はＭＰは完全に温存しておく必要がありそうだ』

「次は大丈夫そう、ということですか？」

アロが首を傾げる。

『そうだな、だが、俺だけじゃ無理だ。攻撃面自体は、そこまで大したもんじゃねぇ。危険だが、次はアロとトレントにも、戦ってもらうことになりそうだ。もうちっとレベルが必要だろうがな』

「任せてくださいっ！　必ず竜神さまのお役に立ってみせます！」

アロが意気込む。

『主殿が諦めた相手に、私などが加わったところでどうにかなるでしょうか……？』

俺は頷いた。

『今回は、むしろトレントの独擅場《どくせんじょう》になるかもしれねぇぜ』

『わっ、私が……？』

トレントはびくりと身体を震わせ、翼で自身を示す。

『まさか、主殿……私をあの塔の頂上から、あの巨像目掛けて落とすつもりでは……？』

俺はヘカトンケイルが守っている、頂上の見えない巨大な塔へと目を向けた。

……まぁ、うん、確かにあれだけの距離から落としたら、一万ダメージくらい飛ばせるかもしれねぇが、トレントも一緒に消し飛びそうだな。何ならヘカトンケイルに普通に回避され、トレントだけペチャンコになるビジョンが見える。

「トレントさん、竜神さまを何だと思っているの……？」

アロがジトっとした目でトレントを睨む。

『いっ、いえアロ殿！　しかし、私が活躍というと、それくらいしかないのではないかなと……！』

……そ、そう自分を卑下しなくても。

確かにワールドトレントはかなりピーキーな性能だ。だが、だからこそ、噛み合いさえすれば、格上相手でも絶大な効果を発揮する。

『〖死神の種〗があっただろう。多分、今回はアレを使ってもらうことになる。そうじゃないと、あのデカブツは突破できそうにねぇ』

ワールドトレントには〖死神の種〗という強力なスキルがある。


【通常スキル〖死神の種〗】

【相手に魔力を吸う種を植え付ける。】

【スキル使用者と対象が近いほど魔力を吸い上げる速度は速くなる。】

【魔力を完全に吸い上げた〖死神の種〗は急成長を始め、対象の身体を破壊する。】


勝負を長引かせさえすれば、ＭＰを削って相手の身体を破壊できるスキルだ。後半の能力は悍《おぞ》ましいようで、相手のＭＰを吸い尽くした時点で勝ちは確定しているようなものなので、正直おまけのようなものだろう。

だが、ＭＰの継続的な吸収というのは、それだけで充分に強力だ。

この手のスキルは、敵の魔法力が低いほど効果は強くなる。そしてヘカトンケイルは、伝説級としては異様に魔法力が低い。その上、相手に持久戦を強要する能力がある。必然的に戦いは長丁場になる。

これはヘカトンケイルのＭＰを削る戦いなのだ。トレントを上手く守りつつ戦うことができれば、〖死神の種〗はヘカトンケイルへの大きな対策になる。

『そ、そういうことでしたらお任せくだされ！　このトレント、必ずやり遂げて見せますぞ！』

『トレントにはとにかく〖死神の種〗の維持を、アロには〖ダークスフィア〗の連打を放ってもらう。俺は全力でヘカトンケイルを引き付け続け、あいつの望む通りの持久戦に乗ってやるさ』

魔法スキルはやはり効率が悪い。〖グラビドン〗は使わねぇ、〖ヘルゲート〗は燃費が悪すぎるので論外だ。外したときのＭＰの一方的な消耗が、ヘカトンケイル相手ではあまりに苦しい。

魔法の大技を当てるより、〖オネイロスマレット〗で数回殴ってやった方がいい。ぶん殴るだけならＭＰは使わないで済む。

〖竜の鏡〗は悩みどころだが、多分使わない方がいい。持続消耗のＭＰは馬鹿にならねぇ。高攻撃力を活かしても、ヘカトンケイル相手では一気に戦いを終わらせることはできない。

『対策はばっちりそうですな！　なんだか勝てそうな気がしてきましたぞ！』

『ああ！　俺の見立てだと、レベルアップも考慮すれば、この手順で三体掛かりで挑めば、ヘカトンケイルのＭＰを六割は削れるんじゃねぇかと思ってる』

『おおっ！　……あれ？』

トレントは興奮気味に翼を動かした後、動きを止めて首を傾げた。

「竜神さま、残りの四割は……？」

『多分、俺達だけじゃ、どう足掻いても十割は無理だ。だが、当てがある』

「当て、ですか？」

ヘカトンケイルに与えるダメージを底上げする方法は大きく三つある。

一つ、ステータスを上げること。二つ、効率的にダメージを与える流れを確立させること。そして三つ、戦力を補充することだ。

『後回しにしていた、オリジンマターを狩りに行く。今の俺達なら、きっと勝てるはずだ』

元々、手詰まりになれば、そのときはオリジンマターに再挑戦するつもりだった。以前よりも俺達はレベルも上がっている。それに、レベルからいっても、あの極端な性質からいっても、ヘカトンケイルよりオリジンマターを先に攻略するべきだろう。

無論、ヘカトンケイルと違い、オリジンマターは超攻撃型だ。隙を晒せば誰かが吹っ飛ばされてもおかしくはねぇし、俺だって回復を怠れば一気に殺されちまうだろう。そういう意味で、ヘカトンケイル以上に危険な戦いになる。

オリジンマターを倒せば、俺のレベルを大きく上げられる。ケサランパサランもいるので、アロやトレントのレベルも上げやすい。しかし、それだけではない。

【特性スキル〖冥凍獄〗】
【黒い光の渦に敵を取り込み、封印する。】
【対象は時の流れから見捨てられる。】
【光の奥では時間が動かないため、対象は逃げ出そうと試みること自体ができない。】

オリジンマターの内部では時間の流れが止まっている、とのことだった。もしかしたら、ンガイの森の〖狂神〗化に対抗できる唯一の方法かもしれねぇ。もし仮に、ンガイの森の〖狂神〗化から逃れるためにオリジンマターに飛び込んだ過去の神聖スキル持ちがいたとすれば、俺達の力になってくれるかもしれない。

勿論希望的観測だ。〖冥凍獄〗ではンガイの森の〖狂神〗化に対抗できないかもしれないし、そんなことを考えて実行した奴だっていないかもしれない。いたとしても、俺とは考え方が違い、戦いになることだってあり得る。

だが、今、他に手段がないのだ。もしかしたら〖冥凍獄〗の中から、俺かアロの進化上限を取っ払う切っ掛けが出てきたり、なんてこともあるかもしれねぇ。

少なくとも、今の俺達ではヘカトンケイルには絶対に勝てない。できることからやっていくしかない。

第4話　原初の物質オリジンマター

1

俺達はオリジンマターへ挑むべく、来た道を引き返していた。

今まではオリジンマターから目を付けられたくなかったために地上を移動していた。だからオリジンマターに会いに行くことになった今、飛んで戻って見つかったらそのときは捜す手間が省けるという選択もあったのだが、何せ俺のＭＰの回復量がまだ充分ではない。

そのため歩いて引き返し、〖気配感知〗でアロやトレントのレベル上げを行えそうな、魔物の群れを探していた。何せ、ヘカトンケイル戦はアロとトレントの力を借りなければどうにもなりそうにない。そしてそのための前準備として、アロとトレントにもオリジンマターへ共に挑んでもらう予定なのだ。

危険な道だが、俺達に手段を選んでいる余裕はねぇ。ただでさえ、オリジンマター戦の前とヘカトンケイル戦の前に休息を挟みたいため、かなりのタイムロスが想定されているのだ。

あの天にまで到達しそうな塔に、何かがあることは間違いないのだ。ヘカトンケイルに足止めされていれば、表の世界は神の声が呼び出した『スピリット・サーヴァント』にぶっ壊されちまうし、俺達だって『狂神』化のリスクがある。

「竜神さま……今、泣き声が聞こえた気がします」

道中、俺の背に乗るアロが、そんなことを口にした。

『泣き声……？』

「はい、その、女の子の泣き声のような……」

ここに人間がいるとは思えない。女の子となれば尚更だ。それに、俺の『気配感知』には、そのようなものは引っ掛かってはいなかった。正直、勘違いじゃねぇかと思うんだが……。

『方向はわかるか？』

「あっちの方からです」

俺は背を見て、アロが指を差す方向を確認した。相変わらず何も感じなかったが、せっかくなのでアロの示す方へと向かってみることにした。

仮に何か手掛かりのようなものが見つかればありがたい。何もなくても、そこまで大きなマイナスではない。一応オリジンマターの方へは向かっているが、飛んで探せばすぐに見つけられるはずだ。今はアロ達のレベル上げのため、ほとんど指標もなく歩き回っているようなものなのだ。

「あっ、今、聞こえましたか？」

途中でアロが声を上げた。だが、俺には何も聞こえていなかった。

『トレント、聞こえたか？』

『いえ……』

……さすがに嫌な予感がしてきた。これ、アロ、なんだか聞こえちゃいけないものが聞こえてるんじゃなかろうか。

「ほ、本当に聞こえなかったのですか？　今、三人くらいの泣き声が、確かに聞こえたのですが」

やっぱり〖気配感知〗には何も引っかからない。

『はは、アロ殿、怖がらせないでください……』

トレントの〖念話〗がちょっと強張《こわば》っていた。

「私もアンデッドなのに……」

アロの複雑そうな声がする。ワルプルギスの区分がよくわからないので、正確には元アンデッドなのかもしれない。何ならトレントも木霊状態の間はペンギンお化けみたいな外観なのだが、どうにも幽霊の類となると少し怖いらしい。今更じゃねぇか……？

『しかし、確かにちっと不気味だな。アロ、悪いが引き返す……』

そのとき、周囲から泣き声が響いてきた。

俺は身構える。薄いが、確かに何かの無数の気配を感じる。アロは真っ先に気づいていたが、霊感のようなものが強いんだろうか。

黒い木の影から、青黒い頭巾を被った少女が姿を現した。破れた土色のワンピースを纏っている。顔は頭巾に隠れて、よく見えない。

【『バンシー』：Aランクモンスター】
【死者の霊の集合体が、呪法により精霊としてこの世界に留まった成れの果て。】
【泣き声に同情した者の魂を引き抜き、自身らの一員に加える。】
【森奥で不可解な泣き声を耳にした者は、決して近づいてはならない。】

A級モンスター、か。今のアロ達のレベル上げに丁度いい相手だ。

……それに、恐らくバンシーは複数いる。アロが聞いた鳴き声によれば、三体はいるとのことだった。

種族：バンシー
状態：狂神
Ｌｖ　：103/120
ＨＰ　：1744/1744
ＭＰ　：1124/1124
攻撃力：958
防御力：642
魔法力：1263
素早さ：1225
ランク：A
特性スキル：
〖HP自動回復:Lv4〗
〖MP自動回復:Lv5〗
〖アンデッド:Lv--〗
〖闇属性:Lv--〗
〖忌み声:Lv--〗
〖狂神:Lv--〗
耐性スキル：
〖物理耐性:Lv4〗
〖魔法耐性:Lv5〗
〖毒耐性:Lv6〗
〖麻痺耐性:Lv6〗
〖混乱耐性:Lv3〗
〖石化耐性:Lv3〗
通常スキル：
〖カース:Lv6〗
〖死神の爪:Lv5〗
〖毒毒:Lv6〗
〖幽歩:Lv7〗
〖ダークスフィア:Lv7〗
〖吸魂:Lv6〗
〖デス:Lv5〗〖呪歌:Lv6〗
〖仲間を呼ぶ:Lv5〗
称号スキル：
〖元聖女の配下:Lv--〗
〖泣き女:Lv--〗
〖最終進化者:Lv--〗

ステータスにそう気になるところはないが、不穏なスキルが多い。『幽歩』に『吸魂』、『呪歌』か……。さすがに無条件で呪い殺されるようなスキルはねぇだろうが……。

【通常スキル『幽歩』】
【自身の姿を消し、気配を薄くする。】

なるほど、気配を摑めなかったのはこのスキルのせいか。

他にもこのスキルを使って潜伏しているバンシーがいると考えると、ちょっと厄介だな。この『幽歩』、恐らく他の同系列のスキルよりも効果が大きい。何せ、俺でも気配を摑むのに苦労したのだ。

【通常スキル『吸魂』】
【接触した相手の魔力を吸い取る。】
【唇越しに吸うことで効果を大きく高めることができる。】
【また、このスキルによって魔力を吸い尽くされた対象は、魂を取り込まれる。】

お、おっかねぇ……。バンシーの説明とも一致するスキルだ。バンシーの代表的なスキルなのかもしれねぇ。『マナドレイン』の上位版とでもいったところか。

【通常スキル『呪歌』】
【泣き声のような歌。】
【相手のステータスを一時的に減少させる。】

【〖呪歌〗に魅せられた者は、指一本まともに動かすことさえできなくなっていく。】

これもまた厄介なスキルだった。泣き声を聞いた相手のステータスを減少させるらしいが、この書き方、恐らく攻撃力や魔法力が、全体的に下がっていくのだ。

俺も泣き声を既に耳にしている。既に〖呪歌〗に掛かっているのだろうか。まだ、自身の身体能力が落ちたような実感はないが……。

『任せてくだされ主殿っ！　レベルアップした私の力を見守っていてくだされ！』

トレントが息巻き、木霊状態のままバンシーへと突っ込んでいった。

「わっ、私も！」

アロもトレントに遅れて続く。

『気をつけろ！　一体じゃねぇ、何体か潜んでるぞ！　こいつら、姿を消してフラフラと移動しやがるんだ！』

アロ達よりランクは下とはいえ、バンシーのレベルは高い。それに、単体じゃねぇ。

俺は背後から前脚を構える。今回、俺はなるべくＭＰを消耗したくはない。アロとトレントのレベルアップをしつつ、ＭＰが戻るのを待つのが目的である。アロ達の補佐として、最低限の手出しで抑えるつもりだ。

『行きますぞっ！　〖クレイスフィア〗！』

トレントの頭上に土塊の球体が浮かび、バンシーへと飛んで行った。バンシーはそれをひらりと回避した。

バンシーのステータスはバランス型だが、魔法と速度に若干寄っている。動きが速いから、トレントが魔法攻撃で捉えるのは厳しそうだ。

「〖暗闇万華鏡〗！」

アロが黒い光に包まれて輪郭が朧気になり、三人の姿に分かれた。三人が各々の方向に飛び、バンシーを中央に捉える。三人同時に腕を掲げ、手中に黒い光を溜める。

「〖ダークスフィア〗！」

三連打の闇球がバンシーへ襲い掛かる。アロも速さがある方じゃないが、手数で補った。避け損なったバンシーは空中で一発の〖ダークスフィア〗を受けた。

バンシーの泣き叫ぶような声が響いた。黒い光が爆ぜる。光が収まると、バンシーの姿はなかった。

だが、アロは高火力魔法攻撃を有しているとはいえ、相手もまたA級のモンスターだ。一発で消し飛んでくれるとは思えねぇ。

『アロ！　気をつけろ、気配を消して潜伏してるはずだ！』

三体のアロが、きょろきょろと周囲へ目を走らせる。

「**アァァアアアアアアッ！**」

バンシーが突然空中より現れ、アロの一人を押し倒した。

「きゃあっ！」

バンシーには『ダークスフィア』のダメージが残っており、左肩が吹き飛んでおり、頭巾も剝がれていた。

身体に溝色の体液が流れている。バンシーの姿は、頭巾を被った少女のようだったが、隠れている顔は明らかに人外のものだった。口が異様に大きく、目には瞼《まぶた》がない。肌は腐った樹皮のようだった。振るう腕の先には、毒々しい色の、長い爪がついていた。

『アロッ！』

「**アアアアアアアアッ！**」

バンシーはそのままアロの胸部を、爪でぶっ刺した。

クソッ！　バンシーの透明化は危険だ。

レベルが上がったので任せたかったが、A級高レベルはやはり危険だ。俺の上で戦わせておくべきだったか。

分身体か本体かはわからないが、とにかく助けなければいけない。

俺は『次元爪』を放とうとした。そのとき、アロの輪郭が崩れて膨張し、バンシーを覆うように動いた。空中に大きな牙が並び、巨大な口としか形容できないものが生じた。

「アッ」

呆気に取られたバンシーが動きを止めた、その直後。巨大な口が閉じて、バンシーに喰らいついた。バンシーの身体が拉《ひしや》げ、体液が辺りに撒き散らされた。

バンシーが腕を伸ばし、逃れようとする。口は、もう一度素早く開閉を行った。今度こそ完全に身体が崩れたバンシーの腕が、地面へと垂れた。

つ、つえぇ……。拘束力がある上に、身体が変形するので素早く反撃に出られる。このスキルは、アロがワルプルギスに進化した際に得たものだ。


【通常スキル『暴食の毒牙』】

【身体全身を開いて巨大な口となり、目前の相手へと喰らいつく。】

【嚙みついた対象からHPとMPを奪い、多種の状態異常を付与する。】


……見たときからなんだこれはと思っていたが、想像以上にえげつないスキルだった。巨大な口の輪郭が崩れ、再びアロの姿に戻っていく。

「りゅっ、竜神さま、見ましたか……？」

アロが恥ずかしそうに口にする。……俺はそっと、顔を地面へ逸らした。

『……た、たまたま下向いてたから、なにも見てねぇぞ』

アロが疑わしげな目で俺をじっと見つめる。

『う、うう……またまともに経験値を得ることができませんでしたぞ……』

トレントががっくりと膝を突く。そのとき、周囲一帯から泣き声のようなものが響いてきた。

『おい油断するな、まだ後何体か潜んでる……！』

周囲に、一気に十数体のバンシーが現れた。木の枝に座っている奴や、地面を這っている奴もいる。

そ、想定していた四倍の数のバンシーがいやがった！

ここは撤退するか、俺も手出しするべきか。アロやトレントは突出したステータスを持つ代わりに、速度が極端に遅いのが弱点でもある。高レベルバランス型のバンシーに速度で劣っているため、一方的に攻撃を受けかねない。

『一度撤退……』

「任せてください竜神さま！　あまり時間を浪費するわけにもいきませんし、やってみせます！」

アロの一人がそう口にし、残りの二人もぎゅっと拳を固め、戦いの意志を見せた。

ア、アロが男前だ……。

確かにアロの能力なら、燃費の悪さと引き換えにA＋級三人分になれる。そこまで戦力不利なわけでもない……か？

『よし、戦闘継続だ！』

そのときトレントが、バンシーの一体に殴り飛ばされていた。〖幽歩〗で接近してきたバンシーに反応が遅れたようだ。吹っ飛ばされて地面を転がり、起き上がったところで三体のバンシーに囲まれ、おろおろとしていた。

『トレント！』

『あっ、主殿……』

『アレを使っちまっていいぞ！　ユミルが来たら、そんときゃ引き上げて逃げればいいだけだ』

トレントは何のことかと首を傾けたが、すぐに察したようだった。

『よっ、よろしいですか！　では、お言葉に甘えて！』

トレントの姿が一気に膨張していき、ワールドトレントの大樹の姿になった。複数のバンシーがトレントに集まっていき、爪攻撃や蹴りを繰り出す。トレントの身体が、打撃を受けて激しく揺れる。

「りゅっ、竜神さま、あれだと、トレントさんが的に……！」

『その程度、効きませんぞっ！　〖ウッドカウンター〗！』

トレントが巨大な枝を振るい、集まってきたバンシーを弾き飛ばした。

ワールドトレント以前は本当にしょっぱい性能だったが……ワールドトレントは、普通に強い。高レベルとはいえ、ランク下で、かつ素早さ寄りでバランス型のバンシーでは、トレントに纏まったダメージを与えることは困難だ。

「トレントさん、強い……」

アロが呆気に取られたように口にする。

『敵を引き付けるのはお任せくだされ、アロ殿』

トレントが幹を張り、得意げにそう言った。

こ、心強く見える……！　トレントがこんなに頼もしく見えたのは、初めてかもしれねぇ。

というより、まともに耐久力を活かした戦い方を見せられたのが、今回初なのではなかろうか。

何はともあれ、これまで中途半端にステータスが低いだけで耐久型とはいったい何だったのか状態のトレントが、初めて日の目を見た。

大木トレントを中心に、バンシー集団との戦いが続く。

トレントは見事なものだった。襲い来るバンシーの攻撃を受け止め、『ウッドカウンター』で薙ぎ払って飛ばす。『ウッドカウンター』は決定打にはやや及ばない威力のようだったが、相手を吹き飛ばして隙を作れるのは大きかった。

『暗闇万華鏡』で三人になったアロが、トレントが吹っ飛ばしたバンシーに『ダークスフィア』をぶつけて数を減らしていく。トレントの作ってくれた隙を活用すれば、速度で劣るアロでも、バンシーに確実に攻撃を叩き込むことができる。

アロ達は数の不利をものともしていなかった。トレントのＨＰが削れてきたときには、俺が『ハイレスト』で回復してやった。バンシーが俺の元に来たときは、さっと退避して大回りし、トレントの方へ向かうように誘導した。

Ａ級の群れを相手に、完全に制している。アロ達は本当に強くなった。

戦いの中、まだ五体残っていたはずのバンシーが、全員姿を消した。

逃げたのか……？　狂神状態の魔物が、敵を前に逃走するのはあまり考えられねぇんだが……。

次の瞬間、耳を劈《つんざ》くような泣き叫ぶ声が響いた。今までの泣き声とは違う。脳を揺さぶられるような、強い不快感があった。

こっ、これはバンシーのスキル、〖呪歌〗か。相手のステータスを一時的に減少させる効果があったはずだ。

次の瞬間、トレントを囲むような配置でバンシーが現れた。全員腕の先に黒い光を溜めている。

バンシーが頭を使ってきやがった。カウンターで吹っ飛ばされるとわかって、トレントの防御力を〖呪歌〗で下げて、魔法攻撃の連打でトレントを沈めるつもりらしい。

『トレントッ！　さすがにこれはまずいぞ！』

『任せてくだされ……耐えてみせますぞ！』

トレントの樹皮が厚くなっていく。

ワールドトレントは魔法攻撃を分解し、ダメージを軽減する力があったはずだ。だが、それでもダメージを殺しきれるとは思えない。俺は不安半分で見守っていた。

五発の〖ダークスフィア〗が、トレントの樹皮を削り飛ばしていく。

『うぐぐぐぐっ！』

身体が削れ、罅が入っていく。

『トレントォッ！』

や、やっぱり、かなりダメージが通っている。

『纏めてお返ししますぞ！』

トレントの周囲に、トレントの受けた数と同数……五つの黒い光の球が浮かび上がる。それぞれが円軌道を描くように、バンシー達へと的確に向かっていく。バンシー達が黒い光に包まれ、その身体を焦がしていく。

トレントは『ダークスフィア』なんて覚えてはいないはずだ。今のは『妖精の呪言』か。

【特性スキル『妖精の呪言』】

【魔法攻撃の直撃を受けた際、木の中に住まう妖精達が同じ魔法を放って反撃する。】

【スキルの所有者の魔法力に拘らず、受けた魔法攻撃と同じ威力で魔法は発動する。】

【このスキルによって発動された魔法は高い指向性を持ち、攻撃してきたもののみを対象とする。】

明らかにトレントの魔法力以上のダメージが出ていたようだった。こうして見ると、使えるタイミングこそ限定的だが凶悪なスキルだ。

『み、見ましたか主殿、こんなものですぞ……』

トレントが苦しげに口にする。か、格好よかったのに、締まらねぇな……。俺はトレントへ『ハイレスト』を掛けてやった。

その後、弱ったバンシー達を、アロの『ダークスフィア』、トレントの『熱光線』で仕留めていった。戦いが終わり、トレントが木霊状態へと戻った。アロも『暗闇万華鏡』を解除して一人に戻る。

『今回はっ！　今回は私も活躍できましたぞ、主殿！』

トレントが翼をぱたぱたと動かし、そう嬉しそうに主張する。

『アロもトレントも、よくやってくれた。これでかなりレベルが上がったはずだ』

Ａ級高レベルの群れを相手に、ほとんど俺の補佐なしで、ここまで一方的に戦えるとは思っていなかった。

アロが目を細め、不安げに周囲を見ていた。

『どうした、アロ？』

「今、泣き声みたいなのが……」

その直後、近くの木の上から、突然バンシーがトレント目掛けて落下してきた。大きく口を開けて爪を伸ばし、トレントを狙っている。

いっ、一体、まだ息を潜めてやがったのか！

俺は慌てて〖次元爪〗で撃ち落とそうとしたが、その前にバンシーの身体全身が裂けて体液が舞い、中から木の根のようなものが伸びた。バンシーは地面を転がり、少し痙攣していたが、すぐに動かなくなった。最後に、バンシーの頭に綺麗な花が咲いた。

『びっ、びっくりしましたぞ……。〖死神の種〗を使っておいてよかったです』

トレントはバンシーの惨死体を振り返り、ぶるりと身体を震わせる。

〖死神の種〗は、植え付けた相手から魔力を吸い上げ続けるトレントのスキルだ。上手くスキルが作用したのはよかったが……しかし、なかなか強烈な外見の技だな……。バンシーの頭に力強く咲いている花が、左右に揺れた。

改めて落ち着いてから、アロとトレントのレベルを確認する。

バンシーの群れとの戦いによって、トレントは【Lv：69／130】から【Lv：91／130】へと上がっていた。アロは【Lv：76／130】から【Lv：94／130】へと上がっていた。

上がり幅が厳しくなってくるレベル七十台で、あっさり二十以上上げちまった。このままレベル最大まで見えてきそうな程だった。

レベル100越えのA級の群れの経験値は美味しかった。俺がほぼ手を出さずに討伐できたのも大きいだろう。

「トレントさん、凄かった！」

『ほっ、本当でございますか、アロ殿！』

トレントとアロがきゃっきゃと燥いでいる。微笑ましい。

『……あ、主殿、どうでしたか？』

トレントがチラチラと俺を見ながら、そう尋ねてくる。

『凄かったぜ。今の戦いを見て再認識したが、やっぱりトレントは、あの巨像の番人攻略の大きなキーになるはずだ』

『ほっ、褒めすぎですぞ、主殿！』

トレントが身体をくねくねさせる。俺はふと、遠くの空を見上げた。

『どうしましたか、主殿？　何か気になることが？』

『いや、トレントを褒めたらユミルが突撃してくるんじゃねぇかと思ってな』

前回、丁度そんなことがあった。今もワールドトレントを晒した後なので、突撃して来てもおかしくない。俺の中で、トレントの調子がいいときには何か災いが起きるというジンクスが芽生えつつあった。

トレントがどさりとその場ですっ転んだ。

『主殿、私を何だと思っているのですか……。冗談にしても縁起が悪いですぞ』

『わ、悪い。ここは、ユミルが出てきたところとも離れてるからな……』

俺は前脚で頭を掻きながらそう返した。

ひとまず準備は整った。これからは休息をとってコンディションを万全にし、オリジンマターへ挑む。そこで何か進展が得られると、俺はそう信じている。

「……竜神さま、何か聞こえませんか？」

『何？　バンシーの生き残りか？』

俺は周囲へ目を走らせる。ドシンドシン、ドシンドシンドシンと、遠くから聞き覚えのある轟音が聞こえてきた。音の正体は確認するまでもなかった。

『やっぱりユミルじゃねぇか！』

俺はアロとトレントを勢いよく頬張り、地面を蹴って身体を丸め、『転がる』で音とは反対の向きにダッシュした。俺の中で、トレントの調子がいいときには災いが起きるというジンクスが強化された。

2

ンガイの森の地に寝そべり、俺達はしっかりと休息を取ることにした。

アロとトレントのレベルは上げた。ここでオリジンマターを叩きに行く。

少し焦りすぎかもしれねぇが、アロもトレントも、それに俺も、レベルアップの必要経験値量が跳ね上がってきているところだった。これ以上は時間を掛けてもあまり強くなれねぇ。

それに急いでレベル上げをしていれば、ここの魔物は普通に強いので、思わぬ地雷を踏んでアロやトレントを失うようなことだって考えられる。

全部のリスクを回避して動けるような状況じゃねぇ。そのことは俺だってわかっている。

だが、要するに、リスクとリターン、時間コストが見合っていないのだ。俺は現時点でオリジンマターに挑むべきだと判断した。アロとトレントのお陰で、充分勝算を見出せるところまで来ているはずだ。

それにオリジンマターは初見殺しの凶悪スキルが多い。俺は一度、奴のステータスを見ている。

スキルもだいたい直接目で確認したため、範囲や攻撃方法もわかっている。今回はそれをアロとトレントと共有し、戦略を立てて動くことができるのも前回と比べて進歩した点であった。

だが、時間が惜しいとはいえ、連戦で疲労しきった状態で敵う相手じゃねぇ。戦いの前に、体力をしっかりと全回復させておく必要があった。

俺には『気配感知』があるし、トレントはともかくアロは鋭いところがある。全員寝ていても魔物が近づけば察知できるだろうが、ここの魔物達もまた曲者《くせもの》揃いである。何せ、歴代神聖スキル持ち達とその配下だ。一応、一人は見張りが必要だろう。

ずっと空の色は変わらないので、交代の際に必ず俺を起こしてもらい、適当に俺がＨＰ、ＭＰを確認しつつ、時間を分けて見張りを行うことにした。

オネイロスがタフなお陰か、眠らなくてもじっとしているだけでも体力や疲労は回復できるので最悪見張りはいらないのだが、今は時間が惜しい。制限時間が後どれだけあるのかもわからないのだ。休息は効率的に行うべきだ。

今までだとアロは眠ることができなかったのだが、ワルプルギスはなんと休眠を行うことができるようだった。やはり、アンデッドとはまた違う、別の形の魔物なのかもしれない。

「私は別に眠らなくとも何ともありません。私がずっと見張っていても……」

アロはそう提案したが、俺は首を振った。

『そんなアロにだけ負担を強いるわけにはいかねぇよ。それに、アロもこの異様な地での連戦に、かなり疲れてるだろ？　今まで眠れなかったんだし、ゆっくり気を休めてくれ。むしろ優先して眠ってほしいくらいだ』

「でも……」

『それに……オリジンマター戦では、アロとトレントにも活躍してもらわなきゃならねぇ。計画通り完璧に動けても、それでもなお足りないはずだ。何せ、相手は伝説級最大レベル……事前の想定だけで事が済むとは思えねぇ。全員が全力で対処して、常に頭を捻って動かねぇと、誰かを欠くことになっちまうかもしれねぇ。しっかりと休んでくれ。アロのためってだけじゃねぇ。俺達が、オリジンマターに……そして、ここを出て全員揃って、元の世界に帰るために、だ』

『そうですぞ、アロ殿！　睡眠不足で頭が冴えていなかったから、肝心なところで外した、なんてことになったら大変ですからな！』

「……わかりました」

トレントが俺の考えに賛同してくれたこともあって、アロが頷いてくれた。

『む？　どうしましたか、主殿？　浮かない顔をしておられますが』

トレントが俺に尋ねる。

俺は慌てて表情を繕うが、アロとトレントは不安げに俺の顔を覗いていた。……うぐ、こうなると、黙っていた方が不安を招いちまいそうだな。

『い、いや、大したことじゃねぇんだけど、トレントがそういうこと言うと、なんかフラグみたいに聞こえちまってな』

『あっ、主殿！　私を何だと思っておられるのですか！』

『悪い……いや、本当、頭を過っただけだから。だけど、まぁ、しっかり眠ってくれよ』

『経緯はどうあれ、主殿のご忠告、頭には入れさせていただきますが……』

見張りの順番は、俺、アロ、トレントとなった。回復度合いの確認のため、アロとトレントの見張りの交代の際、俺も一応起きることにした。

何事もなく俺の見張りが終わり、アロに交代して眠りについた。そして次に、アロからトレントに見張りが変わるところを見届けた。それからどれだけ時間が経過したのかはわからないが、自然と目が覚めた。

俺も結構精神的な疲労が溜まっていたようで、思いの外深い眠りになっていたようだった。やはり見張りを作って正解だった。

まず俺は、俺の顔に凭《もた》れ掛かって眠るアロのステータスを確認した。充分回復できているようだった。次に俺は、木霊状態で地面に寝転がるトレントのステータスを確認した。トレントも回復できている。

……よし、オリジンマターの許へ向かうべきか。

『いやちょっと待て』

なんで三体全員寝てるんだ!?

トレント、見張り！　トレントッ！　最後の見張り番、お前だったよな！

トレントがむくりと起き上がり、俺へと顔を上げる。

『おはようございますぞ、主殿！　さて、オリジンマターに再戦しに行く時が来ましたな！　このトレント、しっかり休ませていただきました！　このワールドトレントの力を以て、奮闘させていただきますぞ！』

トレントがぐっと翼でガッツポーズを作り、それから首を傾げた。

『あれ……私が今寝ていたのは、おかしいのでは……？』

……どうやら、俺がトレントに念押しした『しっかり眠ってくれよ』を意識しすぎたのか、それが悪い方に働いちまったらしい。俺は前脚で顔を押さえた。ま、まぁ、襲撃はなかったみたいだし、結果オーライだからいいんだけどな、うん。

『ももっ！　申し訳ございませんぞ、主殿！　この失態は、この失態は、戦いで挽回させていただきますので！』

「トレントさん……」

寝起きのアロが目を擦《こす》りながら、トレントをジト目で見ていた。トレントがぺこぺことアロへ頭を下げる。

……ま、まぁ、俺も思いの外に深い眠りになっちまっていた。トレントもそんだけ疲れていたのだろう。それが解消できたのは……うん、まぁ、よかったと考えるべきだ。

3

俺は『ディメンション』のスキルで持ち運んでいたケサランパサランの肉を取り出して焼いて、アロ、トレントと食べて休息を行った。

食事が終わってから空へと目を向けた。この世界には夜しかないらしく、森を照らすのは不気味な青い月の光ばかりである。おまけに歪な巨大樹の枝が空を覆っており、その光でさえ地上には満足に落ちてこない。

『ちっ、不気味な森だぜ』

俺はそう呟いてから、ぐぐっと首を伸ばし、目を細めて空の先を睨んだ。この付近は、以前俺達がケサランパサランと……そして、オリジンマターと遭遇したところの近辺であるはずだった。この近くを飛んでいれば、またオリジンマターが現れるはずだった。

『……それじゃあ、行くぞ』

俺はアロとトレントを背に乗せ、彼女達へと最後の確認を行う。

アポピスは、はっきり言って、俺から見れば格下の相手であった。これまでのアロとトレントのレベル上げは、俺が彼女達に被害が及ばないよう、保険を掛けながら動くことができていた。

ヘカトンケイルは恐ろしく強い相手だが、その気になれば好きな時にこちらが逃げることができるため、直接奴との戦闘で命を落とす危険はなかった。

だが、オリジンマターはそうはいかない。奴は高いＨＰとＭＰに加えて、過去最高レベルの魔法力と、広範囲高火力のとんでもスキルを有している。

連射可能な高火力スキルの『ダークレイ』、攻撃の予兆を読むしかない『次元斬』、そしてほぼ回避不能の『ビッグバン』を使ってくる。俺一人では太刀打ちできない。そのため、アロとトレントにも、危険を冒して戦ってもらう必要が出てくる。

オリジンマターの動きに想定通り十全に対処できても、きっとそれだけではまだ足りない。今俺達の出せる全力を出し切って、ようやく敵うかどうかという相手だ。

恐らくこのンガイの森で、最も危険な戦いになる。オリジンマターを倒して、当てが当たって『冥凍獄』に囚われている狂神化していない過去の神聖スキル持ちを仲間に引き込むことができれば、ヘカトンケイルを倒しきることだってできるはずなのだ。

この戦いが最大の正念場だ。

空を真っすぐに飛ぶ。ンガイの森を覆う、黒い巨大な木々の、遥か上へと飛んだ。しばらく滞空していると、遠くに黒い球体が現れ、こちらへと向かって飛来してきた。

俺の全長程度の直径を持つその巨大な球体は、体表に細かく光の線のようなものが渦を巻いている。光の線は流動的に変化しており、まるで波紋の浮かんだ水面のようであった。

来た、オリジンマターだ。前回のように先にケサランパサランが出てくるんじゃねぇかと思ったが、今回は同行していないようだった。

〖ドロシー〗
種族：オリジンマター
状態：狂神
Ｌｖ　：140/140（MAX）
ＨＰ　：5524/5524
ＭＰ　：6535/6535
攻撃力：1852
防御力：3245
魔法力：4999
素早さ：1721
ランク：Ｌ（伝説級）
神聖スキル：
〖畜生道（レプリカ）:Lv--〗
〖餓鬼道（レプリカ）:Lv--〗
特性スキル：
〖グリシャ言語:Lv5〗
〖気配感知:LvMAX〗
〖MP自動回復:LvMAX〗
〖飛行:LvMAX〗
〖冥凍獄:Lv--〗〖狂神:Lv--〗
耐性スキル：
〖物理耐性:LvMAX〗
〖魔法耐性:LvMAX〗
〖状態異常無効:Lv--〗
〖火属性無効:Lv--〗
〖水属性無効:Lv--〗
〖土属性無効:Lv--〗
通常スキル：
〖ハイレスト:LvMAX〗
〖人化の術:LvMAX〗
〖念話:Lv9〗
〖ミラーカウンター:LvMAX〗
〖ミラージュ:LvMAX〗
〖自己再生:LvMAX〗
〖次元斬:LvMAX〗
〖ブラックホール:LvMAX〗
〖ダークレイ:LvMAX〗
〖ワームホール:LvMAX〗
〖ビッグバン:LvMAX〗
称号スキル：
〖原初の球体:Lv--〗
〖最終進化者:Lv--〗
〖元魔獣王:Lv--〗
〖元聖女:Lv--〗

……やっぱり、とんでもねぇステータスだ。

俺は目を瞑って心を落ち着け、息を整えてからオリジンマターを睨む。

『……お前も、解放してやるからな』

オリジンマターの体表を流れる、線の動きが変化した。奴が、戦闘態勢に入った。

『アロ、トレント！　一瞬だって気を抜くんじゃねえぞ！』

俺はそう叫んだ。

オリジンマターの魔法は、アロなら一撃、トレントでもフルサイズ状態で、ようやく一発ギリギリ持ち堪えられる、といったところだ。そしてオリジンマターのとっておき『ビッグバン』は、俺でさえノーガードで直撃をもらえば、一撃でやられかねないスキルである。

『ビッグバン』の対策はあれこれ考えたが、『どう足掻いても避けられないので防御を固める』以外にないと、そう答えが出ていた。

予備動作は大きいので前回同様に守りを固め、全力で距離を取り、なるべく衝撃は受け流す。

そしてくらった後は、素早く回復して態勢を立て直す。これ以外にない。

前回は消耗の激しい『ビッグバン』を使い渋っているようだったので連打はしてこないと思いたいが、相手の『ビッグバン』の使い方次第では簡単に詰まされかねない。俺の見解としては、正直こんな爆弾みたいな相手に挑むべきじゃねぇと、そう答えが出ていた。だが、オリジンマターを乗り越える以外に、ヘカトンケイル打倒の希望が見えないのだ。

オリジンマターより、いくつもの黒い光線が俺達目掛けて放たれる。

オリジンマターの『ダークレイ』は本当に危険だ。威力、射程、連射性能に加えて、MPがさほど減らないのだ。連射で相手を沈めることが前提になっているスキルだ。おまけに『次元斬』を挟んでこちらの勘を狂わせてくる。

オリジンマターの相手をするには、大量に飛ばされてくる『ダークレイ』に対し、完璧に対応できることが前提となる。オリジンマターの連射する『ダークレイ』に当たっているようでは、今の俺程度のステータスでは、オリジンマターには敵うわけがない。

こちらから攻撃しつつ、オリジンマターの攻撃に対応するのは困難である。だが、『ダークレイ』の嵐の中、オリジンマターのMP切れを狙って逃げ回ることもまた現実的ではないため、どこかのタイミングでは攻撃にでなければならない。

オリジンマターを倒すには、逃げに徹しても、攻撃を焦り過ぎてもいけない。この二つの中間、俺にとってベストな位置を見極めて立ち回る必要がある。俺はアロ、トレントと話し合い、一応はオリジンマター対策の動き方を編み出している。

開幕は回避と接近に徹して、こちらからは一切攻撃しない。下手に攻撃に出れば、『ダークレイ』を捌きれなくなるからだ。

俺はオリジンマターの周囲を回るように飛び、ゆっくりと距離を詰めていく。高度を常に変化させ、『ダークレイ』に絶対に当たらないように立ち回る。

近づくにつれて、オリジンマターの不気味な輝きに呑み込まれそうになる。

もし本当にオリジンマターの『冥凍獄』に囚われちまったら、その時点で一発でお終いだ。少なくとも数百年、下手したら数千年では解放されないと思った方がいい。

『トレントッ！　頼む！』

『はっ、はい、主殿！』

緑に輝く種が発射され、オリジンマターへと呑み込まれていく。

トレントのスキル『死神の種』である。これで相手のMPを一応削ることができる。

『死神の種』は近づけば近づくほど効果があるが、オリジンマター相手にはあまり距離は詰められない。加えて、魔法力の差も大きい。やらないよりマシ程度だろうが、それでも効果があるのであれば、行わない理由はない。

オリジンマターはHPとMP、回復能力が高いため、どうしても戦いが長引くことが予想される。効果が地味でも、長引けばそれだけ開幕で〖死神の種〗を当てられたアドバンテージが強くなっていく。

続けて二発、三発と、周囲を回りながら、トレントに放ってもらった。トレントの維持できる〖死神の種〗の最大個数である。オリジンマターが動かないこともあり、全弾命中させることに成功した。

『……だが、効果あるのか？　これ、〖冥凍獄〗に吸われてないか？』

『い、一応、手応えは感じますぞ』

トレントが自信なさげに応える。

何にせよ、打倒オリジンマターの第一段階は成功した。俺はまたオリジンマターの周囲を回るように飛んで距離を取りつつ、〖ダークレイ〗を寸前のところで回避していく。

接近して〖死神の種〗を植え付ける、打倒オリジンマター作戦の第一段階は成功した。

第二段階に入る。一定距離を保ちながらオリジンマターの周囲を飛び回り、俺は回避に専念する。

そして、俺に代わり、アロに攻撃を行ってもらう。

この段階では、トレントには完全に待機してもらうことになる。トレントがオリジンマターに使える自発的な攻撃能力は、せいぜいが『ウィンドスフィア』なのだ。『熱光線』や他の魔法攻撃は、全てオリジンマターの完全耐性に無効化される。

トレントの近接の物理カウンタースキルをオリジンマター相手に叩きこむ機会はない。オリジンマターの『ダークレイ』が速すぎて近づきすぎれば俺でも安定して対応できなくなる上に、『冥凍獄』があるため下手をすれば奴の中に囚われかねない。そもそもオリジンマターは、向こうから物理攻撃を仕掛けてくる様子がない。奴の持っている『次元斬』には対応できるかもしれないが、主力が『ダークレイ』である以上そう都合よくカウンターを狙える機会が来るとは思えないし、そこまでやっても結局『冥凍獄』を突破する術はない。

だが、トレントの魔法力での『ウィンドスフィア』では、オリジンマターの防御力の前にはまともなダメージを通すことができない。魔力を捨てるようなものだ。まだ『熱光線』ならやる意味はあったかもしれないが、こちらは『火属性無効』で潰されている。

トレントの『アンチパワー』や『ガードロスト』が通るのであれば、オリジンマターの『次元斬』にはあまり気を付けなくてよくなる上に、高い防御力にダメージを通しやすくなるのでかなり楽になったはずなのだが……残念ながら、オリジンマターには状態異常の完全耐性がある。そのため、この作戦の第二段階では、トレントはＭＰを温存して待機してもらうことになる。

アロは『暗闇万華鏡』で三人に分身し、『ダークスフィア』を連打してオリジンマターを狙う。オリジンマターの体表で黒い光が爆発する。

〖ドロシー〗
種族：オリジンマター
状態：狂神
Ｌｖ　：140/140(MAX)
ＨＰ　：3287/5524
ＭＰ　：6342/6535

『ダークレイ』の嵐を回避しつつ、俺はオリジンマターのステータスを確認する。

オリジンマターは防御力が高く、魔法耐性も最大である。そこが怖かったのだが、アロの『ダークスフィア』一発で四百以上はダメージが通っている。充分『自己再生』を使わせ、ＭＰを消耗させられる範囲だ。

今回はオリジンマターの攻撃パターンは把握できているので、冷静に対応できる。加えて無理に俺が攻めずに回避に徹することができるため、素早い『ダークレイ』にもどうにか対応できている。

『ダークレイ』の嵐は、俺の軌跡を追うように尾のすぐ後ろを撃ち抜いていく。気を抜けばすぐにでも撃ち抜かれかねないが、現状はどうにか安定した回避に成功している。

オリジンマターは『ダークスフィア』を嫌がるように、フワフワと不規則に動き始めた。いくつかの『ダークスフィア』が外れ、オリジンマターの背後へと飛んでいく。

「竜神さま……もう少し、近づけませんか？」

アロが苦しげに口にする。

『……ああ、わかった』

ここでオリジンマターのＭＰを減らせねぇと、後の余裕がなくなる。『ビッグバン』を絶対に避けられねぇ以上、『ビッグバン』の前後で俺は大量のＭＰの消耗を強いられることになる。ここで少しでも多くのＭＰを削っておきたい。

俺は回るように飛びながら、オリジンマターへの距離を詰めた。そのとき、オリジンマターの模様の動きが変化した。『ダークレイ』の弾幕が微かに薄くなる。

これは『次元斬』の前兆であり、俺が攻撃に出るチャンスだった。

『急降下するぞ！』

俺は首を傾けて地面へ向け、ほぼ直角に下へと落ちた。俺のすぐ上に斬撃が走った。

『うしっ！　回避できたっ！』

俺は角度を緩やかに上げて高度を戻しつつ、『次元爪』をオリジンマターへと放った。

オリジンマターが『次元斬』に意識を向け、『ダークレイ』の数が減る瞬間。このタイミングは、比較的安全に俺が攻撃を通すことができる。

オリジンマターの黒い光の身体に『次元爪』の一閃が走った。ちっと恐かったが、どうにか上手くいった……！

『アロ、一瞬距離を取って態勢を立て直して、そっから距離を詰める！　それまで『ダークスフィア』は控えてくれ！』

「はいっ！」

アロ三人衆の声がする。

その後、宣言通りに『ダークレイ』の嵐の中、距離を取って態勢を立て直し、落ち着いてから距離を詰めた。アロの『ダークスフィア』がオリジンマターの体表で爆ぜていく。

いける……上手く削れている。オリジンマターのスキルが割れている上に、それをしっかりアロ、トレントと共有できているのが大きい。

もっとも、今の俺は攻撃を受けないことを優先した動き方をしているだけなので、その分与えられているダメージも少ない。一つのミスで簡単にひっくり返されかねないようなアドバンテージだ。

ここで少しでも優位を得て、作戦の第三段階で一気にダメージを稼いで倒しきる！　ここまでは、概ね想定通りに事が運んでいる。

『……なんだ、あの縞模様の動き……？』

オリジンマターの『ダークレイ』の弾幕が薄くなったと思えば、体表に走る流線の動きが、断続的に変化する。

スキルは全て確認できているはずだが、何があるかわからねぇ。俺は一応、若干距離を取るように動いた。

と、俺のすぐ横に『次元斬』の斬撃が走った。右肩が掠った。高度が若干落ちる。

『チッ！　避け損なった！』

ただの『次元斬』ならば、距離を置くより、高度を一気に落として回避するべきだった。『次元斬』は間合いのない斬撃だ。このスキルが相手だと、多少距離が前後しても影響はほとんどない。

次に、俺のすぐ上方に斬撃が走った。『次元斬』を連打してきやがった！

燃費がいい『ダークレイ』と比べ、攻撃力依存であるため威力で劣り、MP消耗もそれなりである『次元斬』は連発には向かないはずだ。だが、ちくちくと『ダークスフィア』で攻められたことに、どうやら相当腹が立っているようだと窺える。

まだ『次元斬』は飛んでくるはずだ。数は減っているが、『ダークレイ』の弾幕も迫ってきている。

下手な回避は取れないため、動き方が限定される。それになにより、ただの球体であるオリジンマターの放つ『次元斬』は、狙っている箇所が全く読めないのも問題であった。

回避に失敗すれば、アロやトレントに当たりかねない。アロも『次元斬』なら一発は耐えられるはずだが、俺から弾き落とされることになるため、かなり苦しい展開になる。

ここは……正面から受けるしかねぇ。俺が正面から受け止めれば、オリジンマター側に向いていないアロ達への攻撃は確実に回避できる。

それに受ける覚悟ができていれば、体勢を崩して『ダークレイ』の直撃を受けるという、最悪の事態も避けられる。

俺は胸部を広げる。『次元斬』が、顎から腹部に掛けて走った。

直後、『ダークレイ』が飛来してくる。横へ跳んだが、避け損ない、横っ腹の肉を鱗ごと飛ばされた。

「りゅっ、竜神さま！」

『大丈夫だ！　これくらい、大したダメージじゃねぇ！』

『ダークレイ』の直撃さえもらわなければ、助かったと思うべきだ。

俺は直後、斜め下へと急降下してその場から離れ、『自己再生』と『ハイレスト』を用いて傷とＨＰを回復しつつ、体勢を整えていく。

ここが空中でよかった。直撃をもらって体勢を崩しても、自重を活かして急降下すれば、ひとまずその場から素早く離れることができる。避けられる方向が地上に比べて圧倒的に多いのも助かっている。

地上であればこうはいかない。速すぎる『ダークレイ』の弾幕からは逃げるように動くしかないし、『次元斬』も相手の予想を裏切って回避するしかない。地上戦であれば、オリジンマターの弾幕攻撃を避ける難度は間違いなく数段は跳ね上がっていた。

4

一旦距離を置いて仕切り直した俺は、再び元の間合いに戻り、『ダークレイ』を避けつつ高度を戻していく。

崩されかけたが、どうにかすぐに持ち直せた。このくらいのダメージは全然想定内だ。オリジンマター相手に、全てが上手く進むとは思っちゃいねぇ。

だが、オリジンマターがパターン行動を破り、『次元斬』連打を放ってきたのは嫌な兆候だった。攻撃方法としてそこまで強いわけではない。意表は突かれたが、次にこの攻撃が来たときは、もっと浅いダメージで抑えられる自信がある。

だが、こうした変則的な攻撃を混ぜられると、俺の方が崩れちまいかねない。『ダークレイ』の高速攻撃の連打は、気を緩めれば俺でもHPを一瞬でカラにされちまいかねない。唐突にああいう『次元斬』連発のような別パターンを交ぜられると、『ダークレイ』に十全に集中できなくなっちまう。堅実に動くこっちを強引に突き崩してきやがった。

そろそろ作戦の第三段階に移行し、一気に攻勢に出るべきだろうか？

……いや、第三段階では、トレントのMPを急激に消耗させることになる。オリジンマターを倒しきる前にMPが足りなくなった場合、一旦逃げて仕切り直すことになる。まだ、仕掛けるべきじゃねぇ。アロ主体の攻撃を続け、もう少しオリジンマターを消耗させるべきだ。

再び間合いを保ち、分身アロ三人掛かりによる『ダークスフィア』連打を継続することにした。

時折『次元斬』の単発や連打が挟まれてきたが、急降下を主軸に、急上昇を交ぜ、どうにかやり過ごしていった。掠らされることはあったが、どうにか決定的な一撃は与えられずに済んでいた。

『よし……さすがに、ちっとは削れて来てるな。怪しい場面もあったが、順調の範囲内だ』

俺がそう漏らしたとき、オリジンマターの模様の動きが、また断続的に変化を始めた。

チッ！　また『次元斬』連打か！

若干ＭＰ消耗が激しいのでありがたい攻撃パターンであるといえなくはないのだが、それ以上にこっちが乱されるのがしんどい。それに、仮に嫌な当たり方をしたら、そのまま崩されて『ダークレイ』で蜂の巣にされちまいかねない。

『真上に行くぞっ！』

急降下の方が素早く動けるので安定して避けられるのだが、方向を読まれると移動先に『次元斬』を置かれかねない。俺は斬撃と黒い光線の中を掻い潜り、上へと飛んだ。

翼や手足の端が抉り飛ばされていく。このくらいの被ダメージは許容しないと仕方ないが……今回の『次元斬』連打は、嫌にしつこい。

『ダークレイ』に比べて燃費が悪いから、無闇に連打したってオリジンマターも美味しくないはずなのだが、どうやら向こうさんも本気になってきたようだ。今まで通りだと、ジリジリ詰められると考えたのかもしれねぇ。

『こっから一度下がるぞ！』

俺はアロ達に宣言してから急降下した。まだ〖次元斬〗連打が付き纏ってきていた。何発か、ガッツリ背中や腹に斬撃をもらうことになった。

……だが、〖次元斬〗は最悪当たっちまってもいい。〖ダークレイ〗直撃はダメージが深すぎるので避けたい。ダメージもそうだが、肉がまとめて持っていかれるため、ただの回復ではなく欠損部位の再生が必要になる。そうなるとＭＰ消耗が激しくなる。

このまま距離を取り、一度態勢を取り直すべきだ。幸い、何故かオリジンマターは距離を詰めて畳み掛けるような行動は取ってきていない。

〖ドロシー〗
種族：オリジンマター
状態：狂神、〖死神の種〗
Ｌｖ　：140/140(MAX)
ＨＰ　：3952/5524
ＭＰ　：4271/6535

よ、よし、三割以上削れている。

アロの『暗闇万華鏡』は手数を三倍に増やす分、全力で放てば魔力を一気に減らしちまう。そろそろMP残量がキツくなってくる頃だ。

だが、これだけ減らせたのであれば上々だ。仕切り直してから一気にアロにラストスパートを掛けてもらい、それから作戦の第三段階に移行して、一気にオリジンマターを叩いていい頃合いだ。

『あ、主殿……目前に、妙なものが』

トレントに言われ、俺は視線を動かす。やや斜め前方に黒い光の靄《もや》が広がっていた。これは何だと俺は逡巡《しゅんじゅん》し、少し遅れてその正体に思い至った。

『これはっ、『ワームホール』!?』

確かにオリジンマターはこのスキルを有していたが、俺はほとんど意識から外していた。普通に移動した方が早い『ワームホール』には、ほぼ使い道がないと思っていたからだ。

だが、オリジンマターは、敢えて自分で追わず、『ワームホール』で移動することで、俺の意表を突いてきた。『次元斬』と『ダークレイ』に意識のリソースが割かれていたため、『ワームホール』の転移先に生じる黒い光に気が付くのが遅れてしまった。

そうか、しぶとく燃費の悪い『次元斬』で追ってきたのは、『ワームホール』の発見を遅らせつつ、その近くに俺を誘導するためか！

前方の黒い靄の中から、オリジンマターが姿を現す。登場と同時に『ダークレイ』を放ってきた。

背後からは『ワームホール』の転移前に放った『ダークレイ』が接近してきている。最悪の挟み撃ちだった。

俺は牙を食いしばる。

使い道のないスキルだと侮っていた。警戒していれば避けられた事態だ。まさか『ワームホール』に刺されるようなことになるとは思わなかった。

全力で急降下しつつ不規則な動きを加え、必死に『ダークレイ』を避けようとした。だが、この回避は祈りのようなものだった。前後から高速で迫りくる『ダークレイ』を完全に把握するのは不可能だ。

『主殿！　事後承諾で申し訳ございませぬが、計画を進めさせていただきますぞっ！』

トレントが俺の背から飛ぶ。小さな身体が膨れ上がり、全身から木の根のようなものが大量に広がっていき、俺の左半身を覆い尽くしていく。

これはトレントのスキルである『樹籠の鎧』だ。

『いや、ナイス判断だ！　トレントッ！　一番いいタイミングだった！』

俺は叫んだ。オリジンマター打倒計画の第三段階……最終段階は、トレントを鎧に纏っての、こちらからの猛攻撃である。このためにトレントには魔力を温存してもらっていた。

俺は『樹籠の鎧』状態のトレントを纏った左半身を前に出し、盾にしながらオリジンマターへと飛ぶ。

打倒オリジンマター作戦の最終段階は、トレントを盾にした特攻である。今のトレントであれば、オリジンマターの『ダークレイ』の直撃を受けても一撃なら耐えることができる。ここで更に、トレントにあるスキルを使ってもらう。

『トレント、頼む！　一気に仕掛けるぞ！』

『はいっ！　主殿！　では……『不死再生』！』

トレントの『樹籠の鎧』に青い苔がびっしりと生えていく。苔は青い輝きを帯びている。

【通常スキル『不死再生』】

【自身の生命力を爆発的に上昇させる。】

【使用すれば全身に青く輝く苔が生まれ、MPが全体の１％以下になるまで強制的にHPを回復させ続ける。】

【使用中は防御力が大きく上がるが、他のステータスは半減する。】

そう、これがトレントの『樹籠の鎧』を最後まで使わなかった理由でもある。『不死再生』はトレントの回復力と防御力を引き上げ、その代わりにその他のステータスを半減させる。

そしてこのスキルは、トレントのＭＰが尽きるまで強制的に継続される。この『不死再生』が尽きるまでの間が、俺からオリジンマターへ強気の攻勢に出られる、最大のチャンスである。速攻でオリジンマターとの決着をつける必要があった。

今のトレントならば、時間さえ置くことができれば、二発以上の『ダークレイ』を受け止められるはずだ。更に、トレントの役割は防御だけではない。

俺はオリジンマターへと突っ込みながら、〖次元爪〗を奴の身体へと放った。一発叩き込み、続けて二発目を叩き込む。

『速攻で終わらせてやるよ！』

オリジンマターの球体に一瞬爪痕の窪みができるが、すぐに塞がっていく。だが、ステータスを確認すれば、きっちりＭＰが減っていた。

目前から迫ってくる黒の光線を、俺は左肩を突き出してトレント鎧で受け止めた。

『悪いが、こいつは避けられねぇ！』

『お任せください主殿！　耐えてみせますぞ！』

今の【Lv：91／130】のトレントは【HP：4408】に【防御力：2011】と、高い数値を誇る。これは伝説級ドラゴンである今の俺、オネイロスにも匹敵する数値である。更に各種、攻撃に対する有利な特性スキルを併せ持つ。これは通常状態のステータスであるため、〖不死再生〗発動中のトレントは、俺の防御力など軽く超えてしまうだろう。

鎧状のトレントに〖ダークレイ〗が走った。

『うぶっ！』

木の根の欠片が舞い、砕け散った一部が地上へと落ちていく。〖不死再生〗の青い苔が、光る粉として散らばった。綺麗に光線の走った跡が抉られていた。

『だ、大丈夫か、トレント……？』

『連続で受けなければ、だ、大丈夫ですぞ……』

少し不安になることをトレントが零す。だがしかし、トレントの本領発揮はここからなのだ。

『見せてやれっ！　トレント！』

トレントの鎧状の身体が光り輝く。背中の方の、分厚いトレントの本体ともいえる部分から、黒い光線が放たれた。

『お返ししますぞぉっ！』

黒い光線は宙で曲がり、綺麗にオリジンマターへと直撃した。オリジンマターの巨体が大きく揺れた。


【特性スキル『妖精の呪言』】

【魔法攻撃の直撃を受けた際、木の中に住まう妖精達が同じ魔法を放って反撃する。】

【スキルの所有者の魔法力に拘らず、受けた魔法攻撃と同じ威力で魔法は発動する。】

【このスキルによって発動された魔法は高い指向性を持ち、攻撃してきたもののみを対象とする。】


よし、上手くいった！

トレントの『妖精の呪言』によって【魔法力：４９９９】のとんでも威力の『ダークレイ』を、オリジンマターは自分で受けることになったのだ。さすがにこれは効いたはずだ。何せ、俺が全力で魔法をぶつけるよりも大きなダメージになる。

『どうしたっ！　弾幕が薄くなってるぜオリジンマター！』

俺は『次元爪』を二連で放つ。これまでどんな攻撃を受けても全く動じなかったオリジンマターの身体が、攻撃を受ける度に大きく揺れるようになっていた。

攻撃がかなり響くようになってきている。恐らく、奴の自動回復が追い付き難くなってきているのだ。

「私もっ！　魔力を全部吐き出すつもりでいきますっ！」

三人のアロも、『ダークスフィア』の乱れ撃ちをオリジンマターへ放っていく。以前遭遇した際には無敵に思えたオリジンマターも、後一歩のところまで追い込めているはずだった。

『勝てる……勝てるぞ！』

『主殿っ、回復しましたぞ！　そろそろ『ダークレイ』を受けても耐えられそうでございますぞ！』

『よしっ！』

俺は左半身をガードに出そうとしたが、オリジンマターの模様が変わったのを見て、咄嗟《とっさ》に右半身を前に出した。『次元斬』が俺の身体を抉った。

『うぐっ！』

『あっ、主殿っ！　私が受け止めましたのに！』

『……いや、トレントは『ダークレイ』だけを受けてほしい。『妖精の呪言』の反撃ダメージは、俺の攻撃よりも主要なダメージ源になり得る。反撃できない『次元斬』を任せるのは勿体なさ過ぎる』

『なるほど……』

『ノルマは四発だ。そんだけ『妖精の呪言』での反撃ダメージが取れれば、オリジンマターとの戦いでかなり余裕ができるはずなんだ』

俺は背へと僅かに顔を傾け、ニヤリと笑った。

『わかりましたぞっ！　お任せくだされ！』

俺はオリジンマターの周囲を円を描くように回りながら、『次元爪』を放っていく。

左半身で相手の攻撃を受け止められるというのは大分心強かった。かなり強気に攻めることができる。

そしてまた一発、オリジンマターの『ダークレイ』をトレントで受け止めることができた。『妖精の呪言』によって放たれた『ダークレイ』がオリジンマターを捉えた。

オリジンマターの高度が大きく落ちた。明らかに奴の限界が近くなってきている。

オリジンマターの模様の動きが変化し、大きな渦へと変わった。奴を中心に黒い光が広がってくる。

『来やがったな……』

俺の飛行が、止まった。オリジンマターに引っ張られているのだ。

【通常スキル『ブラックホール』】

【自身を起点に、強大な引力を放つ重力魔法。】


前回も使ってきた、相手の行動拘束のスキルだ。

「きゃっ！」

三人のアロが、必死に俺の背に摑まる。

『『暗闇万華鏡』を解除して、俺から手を離せ！』

俺の叫び声に、アロが元の一人に戻り、俺から手を離した。宙に投げ出されたアロを、俺は素早く口で捕まえた。

俺はオリジンマターから離れる方向へと必死に飛ぶ。だが、ゆっくり、ゆっくりと、オリジンマターの『ブラックホール』の魔法によって生じた超重力に吸い寄せられていく。

俺は息を吞む。正直、ここからが本番だ。

ここまではオリジンマターの行動一つ一つに、俺はできるだけの答えを用意できていたつもりだ。

だが……『ブラックホール』と『ビッグバン』だけには、明確な答えを見つけられなかった。

『ブラックホール』はどれだけ被害を抑えられるかは完全に状況と俺の気合次第であるし、このスキルによってどういう盤面に追い込まれるかは、いくらでも考えられて想定してもきりがなかった。

特に『ビッグバン』は回避する方法がないので、使われた時点で俺が大ダメージを負うのは確定したようなものであった。『ビッグバン』後の状況がどうなるかも、そのとき次第過ぎて切りがない。できるだけすぐ体勢を整えるよう、意識することくらいしかできない。

しかし、一つだけ言えることがある。このスキルによってどういう盤面になっても、こちらがかなり劣勢に追い込まれることは間違いない、ということである。その場その場で、一番被害を抑えられる最適解を見つけて動くしかない。

『ブラックホール』は強力なスキルだ。だが、使用中、オリジンマターは他のスキルを扱うこともできない。

途切れた瞬間に、一気にスキルを放ってくるはずだ。前回同様、即『ビッグバン』へと繋げてくるかもしれねぇ。

俺の身体を拘束していた超重力が消えた。『ブラックホール』が途切れたのだ。

とすれば、即座にオリジンマターは何らかの攻撃に出てくる。俺は全力で、オリジンマターから離れる方向へと逃げた。背後より『ダークレイ』が宙を裂く音が聞こえてきた。

『ビッグバン』はまだ使ってこないらしい。上手く振り返りつつ、黒の光線を避けていく。

『ダークレイ』の弾幕が薄くなったため、合間を狙って『次元爪』での攻撃に出ようとしたとき、オリジンマターが再び『ブラックホール』を使った。身体が引っ張られ、『次元爪』の狙いがズレた。引力に抵抗しようとした瞬間に『ブラックホール』が途切れ、俺は宙で体勢を崩した。

『しまった！』

俺はトレントを纏う、左半身で『ダークレイ』を防いだ。三発目の『妖精の呪言』が発動する。

お返しの『ダークレイ』が、オリジンマターに突き刺さる。

『主殿……そろそろ私も、限界かもしれません』

トレントが苦しげに漏らす。この様子だと、四発目はちっと厳しそうだ。

オリジンマターがまた黒い光を纏う。だが、今回のは『ブラックホール』のそれではなかった。

『ワームホール』だ。俺達の近くにも、『ワームホール』の転移先に現れる黒い光が浮かび上がっていた。

『来やがったな！　だが、使われるとわかっていれば、怖いスキルじゃねぇっ！』

俺は『ワームホール』の転移先と、今オリジンマターがいる位置の二点から離れる方向へと動いた。

身体に斬撃が走った。『次元斬』の直撃をもらっちまった。

『うぐっ……！』

今オリジンマターがいる位置と、『ワームホール』の指定先から離れようと動くと、移動先の方向が限定されちまう。オリジンマターは、それを狙って、俺を誘導するために『ワームホール』を設置して、俺が逃げる先へと『次元斬』を置いたのだ。

体勢の崩れた俺を、『ダークレイ』が貫いた。トレントはさっき攻撃を受けた直後であったため、生身の右半身で俺は受け止めた。

「**ガァアアッ！**」

俺は激痛に悲鳴を上げた。ぽっかり右腹部に大穴が開いた。衝撃でかなり高度を落とされたが、どうにか宙で身体を翻した。

トレントは身体に纏っているし、アロは口の中だ。この状態でよかった。そうでなければ、アロとトレントを宙に投げ出しちまっていたかもしれない。

崩れた体勢を、急に『ブラックホール』の超重力で引っ張られた。

こんな大規模スキルのオンオフを繰り返していれば、魔力消耗はかなり激しいはずだ。オリジンマターは、最早魔力の節約を捨てて、俺達の排除を最優先目的で動いている。

ただでさえ『ダークレイ』の弾幕を回避しなければならないのに、『ブラックホール』のせいで動きたいように動けない。おまけに『ワームホール』での転移直後は、二方向からの『ダークレイ』を捌く必要が出てくる。頭が混乱しそうだった。

俺は『ワームホール』の転移先の座標を確認する。そろそろあちらにオリジンマターが移る頃合いだ。それを前提に『ダークレイ』の位置を予想し、回避しなければならない。

まだ転移が行われていないのに、フッと『ワームホール』の光が消えた。

俺は牙を食いしばった。オリジンマターは、『ワームホール』をフェイントのためと割り切って使っていたのだ。本当に転移を行うつもりはなかった。

『ワームホール』はそういう使い方もできたのか！

俺の予想が崩され、予期しない『ダークレイ』が迫ってくる。避け損なった黒の光線が俺の肩、足、背を抉った。

俺は急速に『自己再生』で、失った肉体を再生させていく。ここまではどうにか被弾を抑えて立ち回ってきたのに、最後の最後でやっちまった……！

いや、俺のＭＰはまだ余裕がある。それに、オリジンマターも、あんなに苛烈にスキルを連打しているのは、後先を考えているとは思えない。あの『ブラックホール』のオンオフを繰り返して俺の勘を狂わせる戦法は、ＭＰの消耗がかなり激しいはずだ。

それだけオリジンマターも、追い込まれて必死になっているということだ。多少攻撃をもらっても、それ以上にオリジンマター自身、ここでのＭＰの激しい消耗は痛いはずだ。

俺の『自己再生』がまだ終わっていない内に、再び引力でオリジンマターへと引っ張られ始めた。

俺は再生の不完全な身体で、引力に抗う方向へと必死に飛んだ。

これまでの『ブラックホール』よりも力が強い。明らかにオリジンマターも、俺を仕留めに掛かっている。

とすれば……来る！

オリジンマターは、俺のＨＰ、ＭＰを少しでも減らしたところで、切り札の『ビッグバン』を叩き込んでくるつもりだ。『ブラックホール』で強引に間合いを詰め、『ビッグバン』の広範囲高火力スキルで確実に敵を殲滅する、前回もくらった悪夢のコンボだ。

二度と『ビッグバン』は喰らいたくねぇと思っていたが、回避は現実的じゃねぇ。喰らった上で、如何に早く体勢を整えて追撃を受けないか、が重要になる。残念ながら、喰らうことは前提だ。

『ビッグバン』をトレントの『妖精の呪言』で撥ね返してダメージをお返しできれば楽だったんだが、オリジンマターには火属性への完全耐性がある。それにトレント自身、『不死再生』中とはいえ、『ビッグバン』の一撃を耐える余力が今あるかどうかは怪しい。

だが、ここさえ凌ぎ切れば、オリジンマターは倒したも同然になる。俺は牙を食いしばり、背後のオリジンマターを睨んだ。

オリジンマター……俺は絶対に、ここを凌いでやるからな……！

ジリジリとオリジンマターの『ブラックホール』に吸い寄せられていく。

『……トレント、『樹籠の鎧』を引っ込めて、完全な木霊状態に戻ってくれ』

今のトレントは、木霊状態と、通常状態の間のようなものだ。完全に解除すれば重すぎて俺の機動性に難が出るが、木霊状態では防御力が低すぎる。

しかし、トレントが『ビッグバン』の直撃を受ければ、まず無事では済まない。『ビッグバン』は俺が前回と同じ手順で耐えきってみせる。

……そして、『ビッグバン』でＭＰを吐き出したオリジンマターは、俺が純粋な猛攻を仕掛けて倒しきる。アロとトレントの出番はここまでだ。

『主殿……ご無事で』

トレントはそう零して、『樹籠の鎧』を引っ込め、鳥のお化けのような木霊状態へと戻った。俺はトレントが『ブラックホール』に引っ張られるのを首を伸ばして追いかけ、上手く口でキャッチした。

俺とオリジンマターの距離が縮まってきたところで『ブラックホール』が途切れた。オリジンマターの体表の渦模様が、うねうねと歪な動きを始めていた。奇妙な光線がいくつも走り、段々と輝きを増していく。この模様の変化は、前回、奴が『ビッグバン』を放つ前兆だった。

『さぁ、オリジンマター！　最後の我慢比べと行こうじゃねぇか！』

俺はオリジンマターを尻目に睨み、そう叫んだ。

俺は前回同様に『アイディアルウェポン』を使う。俺の全身を青紫に輝く厚い鎧が覆っていく。

【『オネイロスアーマー』：価値L（伝説級）】

【『防御力：＋190』】

【青紫に仄かに輝く大鎧。】

【夢の世界を司るとされる『夢幻竜』の竜鱗を用いて作られた。】

【各種属性スキルへの高い耐性を持つことに加え、装備者に対する幻影スキルを完全に無効にする。】

続けて俺の背のオリジンマター側に、『ミラーカウンター』の光の障壁を展開する。

『主殿……微力ですが、『生命力付与』を使っておきますぞ』

『ああ、助かるぜ』

俺はトレントの『念話』にそう返した。『生命力付与』はワールドトレントのスキルで、周囲の全ての生物の生命力を高めることができる。

オリジンマターが虹色の輝きに包まれ、大爆発を引き起こした。一瞬にして、俺の視界が爆炎に覆われた。

爆風というよりは、豪炎を纏った巨人の腕にぶん殴られたかのような衝撃だった。容易く『ミラーカウンター』と『オネイロスアーマー』が焼き潰され、罅割れて朽ち果てていく。

身体中が熱い。視界がブツリと途切れた。眼球が、焼き潰された。この感覚は本当に慣れねぇ。とにかく、追撃を受ける前に身体を修復し、HPを回復する必要がある。俺は翼を『自己再生』で整えながら、大きく広げる。

『ビッグバン』の爆風を翼で受け、推進力に変えて前へと飛ぶ。このまま地上に降りて、一旦『転がる』で逃げる！

相手にも自動回復を許すことになるが、ここで横着すればそのまま殺されちまいかねない。だが、俺の身体に何か強い力が掛かり、着陸前に飛行速度が減速させられた。

『……あ？』

眼球を修復し、振り返る。背後ではオリジンマターが『ブラックホール』を放ち、俺を引力で引っ張っていた。

さ、殺意が高すぎる！

狂神化の間は思考能力が弱くなっていると思っていたのだが、どうやら前回に俺が『ビッグバン』を耐えきって逃げたのは、しっかりと覚えていたようだった。ここで逃走を許さず、確実に仕留めるつもりらしい。

だが、俺には『ビッグバン』の爆風による後押しがある！　俺は『竜の鏡』で翼を巨大化させ、爆風を受ける面積を広げ、必死に前へと逃れようとした。

しかし、俺の身体はどんどんと減速し、やがては空中で止まってしまった。それからずるずるとオリジンマター側へと引っ張られていく。

最大出力の『ブラックホール』の維持で大量のMPを吐き出しているはずだが、恐らくはオリジンマターも、ここで逃がせば俺に負けることがわかっているのだ。

俺は大急ぎでオネイロスの鱗を再生していく。鱗なしで受けちまったら、一気にダメージが跳ね上がる。

『『ハイレスト』！　『ハイレスト』ォ！』

口の中から、暖かな力が広がってくる。トレントが余った魔力を投じて、俺を回復してくれていた。

『助かるぜ、トレント……！』

恐らくオリジンマターは『ブラックホール』直後に、全力の『ダークレイ』を飛ばしてくる。そこさえ凌げば、MPが尽きて大したことができなくなったオリジンマターを『次元爪』で安全に処理できるはずだ。『ダークレイ』のあの、馬鹿みたいな連射だってできなくなるはずだ。

威力に反して魔力消耗が低いとはいえ、MPが一割を切ればさすがに連射はしてこなくなるだろう。やってくるならやってくるで、逃げに徹していればすぐにMPが完全に尽きる。

オリジンマターの『ブラックホール』が途切れた。俺は全力でオリジンマターから逃げる方向へと飛んだ。

すぐに『ダークレイ』が来るはずだ。来るはずだった。『ダークレイ』の風を切る音が、聞こえてこない。

……『ブラックホール』に力を入れ過ぎて、肝心のMPが尽きたのか？

そう思って振り返ると、オリジンマターの表面で流線が複雑に行き交い、虹色の光を発し始めていた。『ビッグバン』の前兆であった。

『に、二発連続だと!?』

まだ俺の『自己再生』は不完全であるし、HPも全回復には追い付いていなかった。俺は大急ぎで『ミラーカウンター』を展開し、『オネイロスアーマー』を纏った。

『ひっ、ひとまず間に合った……！』

直後、二度目の『ビッグバン』が俺を襲った。急ぎで張った光の壁と、慌てて纏った夢幻竜の鎧が消し飛ばされる。再生が間に合わず、鱗の薄い部分に爆炎が染みた。

準備が不完全であったため、前回よりもダメージが重い。受けた瞬間、完全に意識が飛んだ。

『〖ハイレスト〗ッ！』

トレントの〖ハイレスト〗で、俺は意識を引き戻せた。しかし、直後、背に大きな衝撃が走った。辺りに土煙が舞った。翼が完全に焼き尽くされ、飛べなくなって地面に叩き落とされたのだ。だが……だが、どうにか耐えられた。

『無事か……？　アロ、トレント』

俺は二体へ声を掛ける。もしも〖ビッグバン〗の爆炎が流れ込んでいれば、アロとトレントでは一溜まりもないだろう。

「わ、私達は大丈夫です！　ですが、竜神さま……」

『いや、問題ねぇよ。死なない限り、すぐに再生できるさ。ちっとMPも厳しくなってきたから今すぐ完全復活ってわけにはいかねぇけどな』

俺は言いながら、身体を修復していく。ひとまず、視覚を戻し、身体を動かせるようには持っていかなければならない。そこ以外は後回しで、自動回復に合わせて修復していこう。

二連〖ビッグバン〗は予想外だったが、しかし、オリジンマターとて限界のはずだ。

しかし、今の俺だと〖ダークレイ〗数発であっさり仕留められかねない。既に勝ったようなものだが、ここで気を抜くわけにはいかない。

〖ダークレイ〗対策で立体的な動きで回避できる空中に逃れたいが、十全に飛び回れるように翼を戻すにはMPが足りなかった。ここは〖転がる〗で逃げ回りながらゆっくり回復し、それから安全に倒せるタイミングを計るべきだろうか。

そう思いながら身体を起こすと……真上に、オリジンマターがいた。黒い巨大木の頭の方まで、オリジンマターが下りてきている。

オリジンマターは黒い輝きを纏っていく。また『ブラックホール』だ。

ここまで接近しておいて『ダークレイ』ではなく『ブラックホール』を選んだ理由は、恐らく一つしかない。避けられるかもしれない『ダークレイ』ではなく、三度目の『ビッグバン』によって確実に俺を倒すつもりなのだ。

『う、嘘だろ……？　まだ使えたのかよっ！』

俺は必死に屈み、黒い木の根に爪を突き立てる。尾が持ち上げられ、続けて下半身が浮き上がった。

今の俺じゃ、まともに『ブラックホール』に対応さえできねぇ！

下手したら『ビッグバン』どころか、オリジンマターに吸われてそのまま取り込まれかねない。

とりあえず、最低限空中で抵抗できるように翼を再生していく。だが、多少空中で抵抗できたとしても、どちらにせよ今『ビッグバン』を受けたら、確実にＨＰを全て持っていかれる。

どっ、どうすりゃいい!?　まさか追い詰められたオリジンマターが、三連『ビッグバン』を飛ばしてくるなんて予想できなかった。

オリジンマターのステータスを確認する。確かに、ギリギリ最後の『ビッグバン』を使えそうな

ＭＰ量であった。そして今、奴のＨＰは七割以上残っている。

『ビッグバン』を使われる前に倒す……というのも、あまり現実的ではなさそうだった。九割九分、先に『ビッグバン』が発動して消し飛ばされちまう。

摑んでいた黒い木が砕け散った。オリジンマターへと引っ張られ、俺はどうにか空中で翼を広げて『ブラックホール』の引力に抵抗する。

本当に……本当に、どうすればいいんだ？　何か、使えそうなスキルはないのか？

考えれば考えるほど対抗策がないことに気づかされ、頭の中が真っ白になっていく。

い、いや、諦めるんじゃねえっ！　最後の一瞬まで、絶対に諦めるな！

俺は自分にそう言い聞かせる。俺だけじゃねぇ、俺がやられちまったら、アロとトレントも道連れだ。

それればかりか、『スピリット・サーヴァント』を放たれ元の世界も滅茶苦茶にされちまう。俺が死んだ時点で、神の声があの世界を人質に取るメリットはなくなり、『スピリット・サーヴァント』に蹂躙《じゆうりん》させる理由もなくなるはずだ。だが、神の声はやる。間違いなく、ただの腹いせで『スピリット・サーヴァント』を野放しにして、あの世界を壊滅させちまう。

アイツはそういう奴だ。これまでのことで、それは痛いほどよくわかっている。

『……主殿、あの『ブラックホール』、どれくらい続きそうですかな？』

トレントが疑問を投げ掛けてくる。

『すぐに止まるはずだ！　これ以上維持してたら、あいつも『ビッグバン』に回すＭＰが残らなくなる。だが、俺は元々『ブラックホール』はそこまで危険視してねぇぞ』

俺はトレントの意図はわからなかったが、とにかくそう伝えた。

『そうでございますか。それはよかったですぞ』

そのとき、俺の鼻先に木霊トレントが姿を現した。俺の口先を翼で掴み、『ブラックホール』に耐えている。

『トッ、トレント！　何やってんだ！　今出てきたら、『ビッグバン』にやられちまうぞ！　戻れ！』

俺は叫んだ。トレントは俺を振り返る。

『主殿……アロ殿、これまでこの私は、幸せでございました。……もし、もしも私が無事でなければ、後のことはお任せいたしますぞ』

いつもの仮面のような顔だったが、少し寂しげに見えた。

「トレントさん……？」

『お、おい、トレント！　お前、何言ってんだ！』

『ご安心くだされ！　このトレント、まだ『不死再生』がギリギリ残っておりますぞ！　あの爆風除けになってみせます！　今の私は、主殿以上に頑丈なはずでございますので！　ただ……もしものときは、アトラナート殿に、あいつはよくやっていたとお伝えくだされ！』

トレントはそう宣言し、小さな翼を広げた。『ブラックホール』の引力に引かれ、トレントがオリジンマターへと飛んでいく。

『トレントッ！　おい、トレントォッ！』

俺は必死に声を掛けたが、トレントは振り返らなかった。

すぐに、オリジンマターの『ブラックホール』が途切れた。もう少し長く続けていればオリジンマターはトレントを吸い込めていただろう。だが、そうなれば『ビッグバン』を発動するＭＰが足りなくなる。そのため、『ブラックホール』を止めざるを得なかったのだ。

トレントが完全に木霊化を解除した。『不死再生』の輝きを帯びたワールドトレントが、一気に空中に根を、枝を伸ばしていく。

俺とオリジンマターの間を巨大樹が隔てた。オリジンマターの体表に複雑な流線が走り、虹色の輝きを帯びる。オリジンマターの虹色と、トレントの青の光がぶつかっているかのようだった。俺はただ、呆然とそれを見ていることしかできなかった。

オリジンマターが、最後の『ビッグバン』を発動した。

爆炎が、視界を覆い尽くしていく。

本当ならば、少しでも距離を取って、ダメージを抑えに掛かるべきだったのかもしれねぇ。だが、俺はただ呆然と、トレントを見つめていた。

トレントが爆炎に包まれた瞬間、広がりそうだった爆炎が押し留められた。トレントから放たれた炎が壁になり、オリジンマターの『ビッグバン』を防いでいた。あれは……『妖精の呪言』だ。

【特性スキル『妖精の呪言』】
【魔法攻撃の直撃を受けた際、木の中に住まう妖精達が同じ魔法を放って反撃する。】
【スキルの所有者の魔法力に拘らず、受けた魔法攻撃と同じ威力で魔法は発動する。】
【このスキルによって発動された魔法は高い指向性を持ち、攻撃してきたもののみを対象とする。】

『妖精の呪言』によって跳ね返された『ビッグバン』は指向性を持つ。全方位に拡散する本来の『ビッグバン』とは違い、オリジンマターのみを狙った方向性を持たされているのだ。そのためにトレントから出た爆炎は無数の光の球となってオリジンマターへと向かい、結果としてオリジンマターの『ビッグバン』が俺達の方へと拡散することを妨げていた。

二つの『ビッグバン』が衝突する。轟音が響く。白い輝きがトレントを、オリジンマターを、そして世界を覆い尽くしていく。光の中で、トレントの身体に細かく亀裂が走っていくのが見えた。

『トレントッ……』

白い光が消える。まるで止まっていた時間が動きだすように、真っ黒になった木片が宙へ舞い、すぐに粉へと変わって消え失せていく。

衝撃に弾き出されるように、オリジンマターが豪速で地面へと叩きつけられた。大地に大きな窪みが生じ、周囲の黒の大木が数本横倒しになった。

指向性を持った『ビッグバン』は、本来以上に凶悪なスキルとなり、オリジンマターを攻撃したのだ。オリジンマターには炎に対する完全耐性があるためにダメージこそ通らなかったが、衝撃波がオリジンマターを地面へと叩き落としたようであった。

オリジンマターが細かく震える。

〖ドロシー〗
種族：オリジンマター
状態：狂神
Ｌｖ　：140/140(MAX)
ＨＰ　：1387/5524
ＭＰ　：8/6535

さすがのオリジンマターも、今のでほぼ全てのＭＰを吐き出したようだった。

だが、だが……トレントの姿が、ない。

見失ったのだとか、どこかに飛ばされたのだとかではない。

トレントはあの巨体だ。飛んで行ったのならば、オリジンマター以上に目立つはずだった。それが、どこにもいないのだ。

『トレント……おい、トレント?』

俺は必死に呼び掛ける。

だが、頭は不思議と冷静なもので、本当はわかっていた。トレントは『ビッグバン』の熱を受けて、消滅したのだ。相方に続いて、俺は、トレントという大事な仲間を失うことになってしまった。

頭でそう理解してから、ゆっくりと絶望感が広がってきた。

『お、俺が……無謀な作戦を立てちまったせいだ……。現時点で『ビッグバン』に対する明確な対処法はねぇってわかってたのに、強引にオリジンマターに挑んだから、それで……』

「………竜神さま」

アロの言葉が聞こえてくる。

「トレントさんは……後のことは任せるって、そう言ってた」

アロも辛かっただろうに、アロは絞り出すようにそう口にした。

俺は頷いた。目前では、地面から這い出たオリジンマターがふわりと空中に浮かび、俺から逃げようとしていた。

MPのなくなったオリジンマターに攻撃する手段はない。俺は飛んでオリジンマターを追い掛け、一方的に『次元爪』を放ち、オリジンマターに止めを刺した。

オリジンマターから光が放たれ、その中心で球体が形を失っていく。黒い球体に走る流線が、目を回すようにぐちゃぐちゃに歪み、潰れて地面へと落ち、液状に広がっていった。

【経験値を77420得ました。】

【称号スキル〖歩く卵Lv：－〗の効果により、更に経験値を77420得ました。】

【〖オネイロス〗のLvが128から139へと上がりました。】

ぶっちぎりで過去最大経験値だった。だが、今は、それを喜ぶ気にもなれなかった。強敵だったオリジンマターをどうにか攻略できたところだったが、その達成感よりも、トレントを失った絶望感の方が大きかった。

……いや、今は、弱気になっちゃ駄目なんだ。オリジンマター討伐は、手段であって目的じゃねぇ。オリジンマター討伐の狙いは、オリジンマターの〖冥凍獄〗に囚われているかもしれないと仮定した、狂神化のない過去の神聖スキル持ちだ。

【特性スキル〖冥凍獄〗】

【黒い光の渦に敵を取り込み、封印する。】

【対象は時の流れから見捨てられる。】

【光の奥では時間が動かないため、対象は逃げ出そうと試みること自体ができない。】

だが……オリジンマターから味方が出てくるとも限らない。

今は、トレントの死を弔っている猶予はない。オリジンマターから解放されて出てきた奴を見極めねぇといけない。

オリジンマターの残骸の液体の端から、ぼんやりと影が浮かび上がった。俺は息を呑み、出てきた魔物へと目を向ける。こいつが、『冥凍獄』に囚われていた過去の神聖スキル持ち……！

『あ、主殿……い、一体、何がどうなったのですかな……？』

出てきたのは、真っ黒焦げになったトレントだった。砕かれて小さくなり黒ずんでいるが、間違いない。特徴的な高い鼻に、丸い窪みのような目はそのままだった。

『トッ、トレント!?』

俺は慌てて前脚でトレントを抱き起こし、頬ずりした。

『良かった……本当に良かった……！　トレント、生きててくれたんだな！　もう、駄目だったんじゃねぇかって……！』

『主殿……！　お気持ちは嬉しいのですが、死に掛けですので！　でで、できれば何か、回復魔法を……！』

『す、すまねぇ！』

トレントは俺の頬の鱗で削られ、よりやつれていた。

慌てて『ハイレスト』と、欠損部位の再生効果のある『リグネ』を掛ける。見る見るうちにトレントの身体が再生していく。

どうやらトレントは二つの『ビッグバン』の衝撃で身体がバラバラにされて吹き飛ばされた際に、本体部分が『冥凍獄』の中へと取り込まれていたようであった。『妖精の呪言』で撥ね返した『ビッグバン』の衝撃に乗せられたらしい。『ブラックホール』の重力の余力が残っていた影響もあるかもしれない。姿が見つからなかったはずである。

しかし、奇跡としか言いようがない。もしも下に飛ばされて直接地面に叩きつけられていれば、恐らく無事では済まなかったはずだ。

5

俺は口の中からアロを出し、木霊化したトレントを交えた三体で顔を突き合わせる。

『しかし、〖冥凍獄〗に封じられていたのはトレントだけなのか？』

『い、いいえ、封じられた間のことは憶えていませんので、なんとも……』

トレントが困ったように答える。そういえば〖冥凍獄〗の中では時間の流れが止まっているんだったか。

そのとき、ジュウゥゥウ……という音と共に、広がっていたオリジンマターの液体が蒸発を始めていく。

それに伴い、六体の魔物がずらりと並んで現れた。二つの頭を持つ巨大な牛頭の人間やら、大量の瞳の付いた岩塊やら、一目見てヤバそうとわかる奴らばかりだった。

頭部がない代わりに腹部に顔のある巨大な鬼もいた。もしかしたらアダム系列の魔物なのかもしれなかった。

〖冥凍獄〗に囚われていた魔物が一体だけだとは限らない。無論、可能性としては考えていたことだった。何せ、このオリジンマターも、夥《おびただ》しいほどに永い時間、このンガイの森に囚われ続けてきた奴だ。

俺はさっと血の気が引いた。こいつら……最低でもB級上位以上だろう。下手したら伝説級が交じっていてもおかしくはない。

皆、だらりと涎《よだれ》を垂らしており、生気のない目つきをしている。感情が残っているようには窺えなかった。

こ、こいつら、狂神状態だ！

今は、俺もアロもトレントも限界が近い。下手に交戦するのは危険だった。

『いっ、一旦距離を取るぞ！』

俺がアロとトレントへそう言ったのと同時に、六体の魔物に光速の斬撃が走った。

「〖神速の一閃〗」

六体の魔物の身体に黒い刃が走る。斬られた魔物達は力なく地面に伏せ、黒ずんで動かなくなり、地面の中へと沈んでいった。一瞬の出来事だった。

呆然と見る俺達の前に、一人の女が降り立った。

彼女の長い髪が、宙を舞う。手には、背丈以上の巨大な剣を手にしていた。

女は俺達を見た後、振り返って周囲を見回す。その動きには、他の狂神化した魔物達とは違い、明確な知性が感じられた。

恐らく彼女は、俺が捜していた、狂神化が進み切っていない、過去の神聖スキル持ちだ。

女は俺へと向き直り、笑みを浮かべた。

「なるほど、賭けに勝ったらしい。君達は、今代の神聖スキル持ちと、その一派ということでいいのだろう？」

女は黒い外套を纏っており、何となく造り物っぽい笑顔を浮かべていた。どこかで見たことのある顔だと思えば、頭に引っ掛かるものがあった。……こいつ、俺がウムカヒメに試練と称して戦わせられた、クレイブレイブの中身と同じ顔をしていやがる。

「どうしたんだい？　驚いた顔をしているね。狂神化で時間がない中、わざわざこの厄介なオリジンマターを討伐したんだ。てっきり、私に会いたくてそうしたものかと思っていたのだけれど、違ったのかな」

クレイブレイブと同じ顔をしている女は、飄々《ひょうひょう》とした態度でそう口にした。アロは警戒したように俺の前に立ち、彼女へと身構えた。

警戒するのも無理はない。コイツは何か異様だった。話は通じるが、本当に信用していいのかどうか、今一つ疑わしい。

『……アロ、大丈夫だ。俺が話す』

俺はそう言ってから、女のステータスをまず確認した。

〖ミーア・ミトレニア〗
種族：タナトス
状態：狂神（小）、呪い、人化LvMAX
Ｌｖ　：150/150（MAX）
ＨＰ　：3333/6666
ＭＰ　：4321/4444
攻撃力：2222（4444）＋444
防御力：1106（2212）
魔法力：4444
素早さ：3220
ランク：Ｌ（伝説級）
装備：
手：〖黒蝿大刀:L＋〗
神聖スキル：〖地獄道:Lv--〗
特性スキル：
〖グリシャ言語:Lv8〗〖アンデッド:Lv--〗
〖不滅の肉鎧:LvMAX〗〖肉体変形:LvMAX〗
〖死者の特権:Lv--〗〖冥府の鏡:Lv--〖HP自動回復:LvMAX〗
〖MP自動回復:LvMAX〗〖触手:LvMAX〗〖飛行:LvMAX〗
〖死神のオーラ:Lv--〗〖闇属性:Lv--〗〖邪竜:Lv--〗
〖気配感知:LvMAX〗〖魔術師の才:LvMAX〗
〖剣士の才:LvMAX〗〖隠密:LvMAX〗〖即死の魔眼:LvMAX〗
〖恐怖の魔眼:LvMAX〗〖支配者の魔眼:LvMAX〗
〖魅惑の魔眼:LvMAX〗〖悪しき魔眼:LvMAX〗〖狂神:Lv--〗
耐性スキル：
〖物理耐性:LvMAX〗〖魔法耐性:LvMAX〗
〖状態異常無効:Lv--〗〖闇属性無効:Lv --〗
〖光属性耐性:LvMAX〗
通常スキル：
〖衝撃波:LvMAX〗〖残影剣:LvMAX〗〖神速の一閃:LvMAX〗
〖流し身:LvMAX〗〖掬虚月:LvMAX〗〖破魔の刃:LvMAX〗
〖ハイレスト:LvMAX〗〖ホーリースフィア:LvMAX〗
〖ディメンション:LvMAX〗〖クレイ:LvMAX〗
〖アルケミー:LvMAX〗〖毒牙:LvMAX〗〖灼熱の息:LvMAX〗
〖病魔の息:LvMAX〗〖人化の術:LvMAX〗
〖自己再生:LvMAX〗〖デス:LvMAX〗〖念話:LvMAX〗
〖ダークスフィア:LvMAX〗〖フェイクライフ:LvMAX〗
〖ダークレスト:LvMAX〗〖腐敗の息吹:LvMAX〗
〖穢れの舌:LvMAX〗〖ライフドレイン:LvMAX〗
〖分離獣:LvMAX〗〖ハイスロウ:LvMAX〗
〖エクリプス:LvMAX〗
称号スキル：
〖最終進化者:Lv--〗〖元英雄:Lv--〗〖元魔王:Lv--〗
〖ド根性:LvMAX〗〖執念:LvMAX〗
〖大物喰らい《ジャイアントキリング》:LvMAX〗
〖武の神:LvMAX〗〖ラプラス干渉権限:Lv2〗〖死神:Lv--〗

……色々と不安なところはあるが、仲間としては申し分ないステータスだった。こいつ……ウムカヒメの主、前代の勇者ミーアこと、魔王アルキミアだ。

まさか、生きているとは思わなかった。聞いている限りは人格面に難がない相手に思えていたし、全く知らない人物よりは安心できる。

そうは思うのだが、ミーアはどうにも、対面していて不安になる独特なオーラがあった。

書き下ろし番外編　ンガイの森の三本の神樹

俺達は天穿つ塔から引き返し、オリジンマターとの戦いに向かっている道中であった。

泣き女バンシーを討伐し、無事にアロとトレントのレベルを大幅に上げることができた。今の俺達ならば、一度は撤退することになったオリジンマターとの戦いでも、きっと勝てるはずだ。

『そろそろ移動も長引いて来たな。ちょっと休憩するか』

俺は背のアロ、トレントへと声を掛けた。

このンガイの森は桁外れに広いのだ。天穿つ塔からオリジンマターの出没した付近まで、かなりの距離があった。

『主殿、もう少し進みませぬか？』

トレントから意外な反論があった。休憩を挟み過ぎていたか？

焦る気持ちはわかる。元の世界には神の声の〖スピリット・サーヴァント〗である化け物が放たれているし、ノロイの木の『狂神』がいつ発動するかだってわかったものじゃないのだ。だが、俺もそうだし、アロもトレントも、かなり肉体的にも精神的にも疲弊しているはずだ。ましてやオリジンマターは、コンディションを万全に整えておかなければ勝てる相手ではない。気が急くのはわかるが、適度に休憩を挟むべきだと俺は思う。

『いえ、そうではないのです』

トレントがひらひらと翼を動かす。俺の考えていたことを『念話』で摑み取ったらしい。

『ただ、前方から色濃い魔力を感じましてな。その正体を確かめておきたいのです』

『色濃い魔力……?』

んなもん、俺は感じないんだがな……。トレントが先に感知したっていうのか? ステータスもランク差もあるし、こういった感知は、さすがに俺の方が上だと思ってたんだが……。そもそもトレントにはその手の感知スキルはなかったはずだ。

『直感的といいますか、なんとなく同業の気配がするのです』

『同業?』

『ええ、ノロイの木とは何か違った、魔力を持った木の気配を感じるのです』

スキルには特にねぇのに、そんなもんがわかるのか。スキル外の能力……というと興味深いが、本当にただの感覚的なもんなんだろうな。別に俺だって、スキルにあることしかできねぇわけじゃねえし。

しかし、トレントの同業って魔力を帯びた木ってことか。もしかしたらトレントの群生地帯でもあるのかと思っちまったぜ。

『わかった。まずはそれを確認してみるか。変わったものを見つければ、この場所についてもっとわかってくるかもしれないしな。だが、遠目で見て危なそうだったら避けていくぞ』

俺はトレントの指示に従って動き、そのトレントの口にする、魔力を持った気配のする木の許へと移動した。

その正体はすぐにわかった。ノロイの木とは別の、奇妙な木が三本並んで立っていた。どれも高さは五メートル前後で、木としてはそれなりの高さには入るが、ノロイの木と比べれば遥かに低い。そして三本の木は、どれも明らかに異様であった。

『なんだありゃ……』

一つの木は、黄金の果物を付けていた。果物の種類は様々である。林檎《りんご》からバナナ、蜜柑《みかん》やらブドウらしきものまである。中には、ぱっと名前が思い浮かんでこねぇようなものもあった。そのすべてが、黄金色の輝きを帯びているのだ。

二つ目の木は、枝や幹に大きな窪みができており、そこに潰れた果実の果肉や果汁らしきものが溜まっている。多種の果物を出鱈目に突っ込んでいるようであった。また、木の窪みからは蜜のようなものが垂れているのも窺える。この木からは、甘ったるい匂いが漂っている。何者かがこの木に果物を突っ込んだのだろうか？　いや、しかし……何のために？

そして三つ目の木は、枝に鶏肉が付いていた。本当にそうとしか言いようがない。羽の毟《むし》られた、頭のない鶏肉である。血抜きも既に完了しているように窺える。完全に、後は焼くだけで食べられそうな外観になっている。そんな都合のいい鶏肉の塊が、まるでこれは果物です、とでもいうかのように付いている。

「な、なんですか、これ……」

アロも困惑しているようだった。無理もない。まるで風邪の日に見た悪夢のような光景が広がっているのだ。俺も頭がどうにかなっちまいそうだった。

何かこのンガイの森についての情報が得られればとは思っていたが、どうやらその点については期待外れであったらしい。わかったのは、この森では俺達の常識が一切通用しないらしい、ということだけであった。

『おおっ！　美味しそうな果物ですな！』

トレントが無邪気にそんな言葉を発する。

『果物!?　どれのこと!?』

一つ目の木の黄金の果物は食い物かどうかも怪しい。二つ目の木には果物があるっちゃあるが、どれも潰されてぐちゃぐちゃになっている。そして三つ目の木に生《な》っているものは断じて果物ではない、ただの肉塊だ。トレントは何かの幻覚にでもやられてるんじゃなかろうか。

トレントが俺の背から飛び降り、三本の木へと近づこうとする。俺はそれを素早く前足で制した。

『待ってくれトレント！　これ、絶対普通じゃねえぞ！　俺が安全を確認するから、ちっと下がってくれ！』

何なら見なかったことにして通り過ぎた方が賢明かもしれねぇ代物だ。この木々は、どう考えたって真っ当じゃない。だが、トレントは俺が止めると、残念そうに肩を窄《すぼ》めて俯いていた。どうにもトレントはこの木に興味津々らしい。このまま通り過ぎるというのは、ちょっと俺には憚《はばか》られた。

俺はそうっと、一つ目の、黄金の生る木へと顔を近づけた。

【『黄金の木』：価値L（伝説級）】
【おとぎ話に語られる、黄金の実をつける木。】
【遥か昔、二つの小国がこの木の存在する地を巡って争い、多くの血が流れた。】
【一方の国が片方を滅ぼした頃には、この木から得られる黄金では賄えないだけの被害が生じていたという。】
【また、戦争が終わったその翌日、皮肉にもその木は枯れてしまっていた。】

あ、あっさり伝説級が出てきやがった……。しかし、この木の果物、黄金色をしているってわけじゃなくて、完全に本物の黄金なんだな。元の世界だったら巨万の富になるんだろうが、このンガイの森の中じゃ、なんの価値もねえ、ただちょっと綺麗なだけの木だな。

何にせよ、この木に特に危険な要素はなさそうだ。ちっとばかり物騒な逸話はぶら下げてるが……。

俺は二つ目の、いくつもの窪みがある木へと目を向けた。

【『神酒の木』：価値L（伝説級）】
【酒好きの神が創ったと語られる木。】
【木々に空いた窪みには大量の蜜が溢れており、またその内部に様々な果物を生やす。】
【育った果物はお互いに押し潰されて混ざり合い、蜜の成分によって発酵して果実酒となる。】
【その甘美な味わいは、ひと口飲めば、地獄も極楽に変わると言い伝えられている。】

こっちも伝説級かよ……。本当にここの森はなんでもありなんだな。この木の窪みに果物をぶち込んでいった魔物がいるのかもしれねぇと警戒していたが、どうやら全て自動で行われているらしい。何とも便利なもんだ。

この木も別に、危ないもんじゃなさそうだな。

【『神酒の木』の作る酒には強い幻覚作用と快楽、依存性がある。】
【一国の王から魔法を極めた大賢者、高名な学者でさえ、この酒の酔いに溺れるだけの日々を送る廃人になったという。】

それもう酒じゃなくてヤベェ薬じゃねえのか!?

危険性はないらしいと、そう思った直後にとんでもねえ事実が発覚した。ま、まぁ、触りさえしなけりゃ危なくはねぇが、それでもこんなもんがすぐ傍《そば》にあるのはあんまりいい気はしねぇ。

最後に俺は、三つ目の、明らかに食用鶏肉としか形容できない実の生っている木へと目を向けた。

【『肉の木』：価値Ｌ（伝説級）】

【聖神教の寓話にて用いられる、肉の生る木。】

【鶏肉に非常によく似た果実を付けるとされている。】

　聖神教……リリクシーラのいた、リーアルム聖国の神の声の呼び名だったか。

　……しかし、非常によく似た、じゃねぇよ。白々しいにも程があるだろ。ちらっと木を見れば、首の断面が目についた。あんな果実があって堪《たま》るか。

【無論、そんな馬鹿げた果実が存在するわけがないので、ただの教訓のたとえ話として用いられているだけである。】

【無自覚な利己主義の象徴として用いられている。】

　目の前にあるけど!?　そんな不自然なものがあるわけないだろって言われても、俺だってそう思ってるのに目前にこんなもん突き付けられたからその文章が見えてるんだが!?

　まるで子供を諭すように言いやがって……。

　とりあえず危ないものではないらしいが、どうにも頭が今入ってきた情報に追いつかない。

「竜神さま、どうですか？」

　アロが恐々と俺に尋ねる。

　問題はなさそうだが、ぶっちゃけ不気味なのですぐにここから離れたい。そう思ってはいたのだが、ちらりとトレントを見ると、キラキラと輝いた目で俺を見ていた。

『不気味ではあるが……危なくはなさそうだ。せっかくだから、ここで休憩してみっか』

『私もそれがいいと思いますぞ！』

トレントが興奮気味にバタバタと翼を動かす。

俺は〘肉の木〙から、明らかに鶏肉にしか見えない果実を千切った。感触も完全に鶏肉であった。鼻を近づけるが、やっぱり鶏肉の匂いであった。ちょっと爪で開いて中を見てみたが、骨は残っているが内臓が取り出された痕の空洞が見つかった。やっぱり鶏肉じゃねぇか。何回突っ込ませるつもりだよこの似非《えせ》果物。

『主殿！　なんとなくですが、その果物は火を通してから食べた方がいい気がしますぞ！』

『……奇遇だな、俺もそう思っていたところだよ』

トレントが本気で言っているのか、冗談なのか、今一つ区別がつかない。

俺は〘灼熱の息〙を小さく吐き出して、鶏肉らしき果実を焼いた。一気に頬張り、骨ごと噛み砕いた。

『どうですか主殿！』

『うん……うん、不安だったけど、ちゃんと旨いな。ボリューミーで食べ応えがあって、脂がたっぷり乗っていて、旨味が詰まっていて……』

完全に鶏肉だった。

『ほほう！　果肉に厚みがあって、ジューシーで濃厚な味わいだったのですな！』

『やっぱりわざと言ってねえか!?』

俺が問うと、トレントはきょとんとした表情で首を傾げる。

……何にせよ、毒見は終わった。俺は五つほど強引に〖肉の木〗から鶏肉（もう果実とは言わねえぞ）を引き千切ると、〖灼熱の息〗で軽く加熱して、アロとトレントへ一つずつ放り投げた。

『危なくはなさそうだから、好きに喰っていいぞ』

アロ、トレントと並んで、食事タイムとなった。俺は〖ディメンション〗で保管していた、塩の詰まった壺を出す。水はトレントに〖アクアスフィア〗で出してもらい、コップはアロに〖クレイ〗で作ってもらった。

トレントはこの期に及んで、『この果物、本当に塩が合うのですか？』と訝《いぶか》しげに尋ねてきた。

俺は何も答えなかった。

『美味しいか？』

「はいっ！」

俺が問うと、アロが嬉しそうに答える。

『これは鶏肉ですな』

今更トレントがそんなことを言い始めた。アロはトレントを振り返って苦笑していた。……俺もアロも、一目見た瞬間から気が付いていたぞ。

『外見からもしやとは思っていたのですが』

本当に思ってたか……？

『主殿、あちらの果物は食べられるものなのですか？』

トレントが翼を伸ばし、『黄金の木』を示した。

『う～ん……多分、純金じゃねえかな』

『なんだ……ただの本物の純金なのですな……』

トレントがっくりと肩を落とす。

……まぁ、黄金なんざ俺達にいくらあっても仕方ねぇから正しい反応なんけど、なんとも不思議な会話だな。

俺は一応『黄金の木』から黄金の林檎を千切って、自身の口の中に放り込んだ。嚙み砕き、飲み込む。

『どうでしたか？』

『ただの金属塊だから喰っても仕方ねえな』

「そうやって試すんですね……」

俺とトレントの会話を聞いて、アロがそう苦笑いした。

「あの甘ったるい匂いのする木は、結局なんだったんですか？」

アロが『神酒の木』を指差した。

『あそこに溜まってる果物が腐って酒になるらしい。ただ、半分毒みたいなもんらしいから、飲むのはお勧めできねぇな……』

「竜神さまなら飲めそうですけれど、遊んでいるわけにもいきませんしね」

まあ……オネイロスを酔い潰させるような毒は存在しないだろう。そんな便利なもんがあったら、俺だってここの魔物と神の声に一服盛る。

アロも〚状態異常無効〛があるので、恐らく飲んでも大きな悪影響があるとは思えない。

俺とアロが笑いながら話していると、トレントが翼で支えていた鶏肉を地面に落とし、すくっと立ち上がった。

『トレント……？』

トレントは、無言でフラフラと〚神酒の木〛へ向かって歩き始めた。

『お、おい！　トレント!?』

『主殿……！　た、助けてくだされ！　足が、足が止まりませぬ……！』

アロが蒼褪《あおざ》めた。俺も血の気の引く感覚を覚えていた。トレントは、完全に〚神酒の木〛の持つ毒性にやられている。

アロが素早く地面を蹴ってトレントへ飛び掛かり、そのまま地面へ押し倒した。トレントが頭を伸ばし、ぱたぱたと力なく翼を振るう。

「竜神さまっ！　今の間に！」

『わかってる！』

俺は『神酒の木』に爪を立てて引き抜き、『灼熱の息』を至近距離からぶっ放した。『神酒の木』が俺の豪炎に包まれ、燃え尽きていく。俺は身体に燃え移った炎を、爪で雑に叩いて消していく。

伝説級アイテムだったことを思うと、ちっと勿体なかったか？　いや、あんな有害アイテム残していても、百害あって一利なしだからよかったな。

『助かりましたぞ、主殿……』

トレントが安堵したように零す。

『真っ先に燃やしておくべきだったな、こんなもの』

俺は『神酒の木』の燃えカスを前にして、そう呟いた。

しかし、この場所……ンガイの森は、本当に出鱈目だ。伝説級アイテムや魔物がゴロゴロと存在していやがる。まるでゲームの没データを一か所に集めたみたいなところだな。元々、この世界はステータスだの魔物だの経験値だの、ゲームみたいな世界だとは思っていたが……。

『うん……？』

何となく、頭に引っ掛かるものがあった。今まで俺がこの世界に抱いていた違和感の数々と、この場所、そして神の声の存在が、一本の線で繋がったような気がしたのだ。

『どうしましたか、主殿？』

トレントが俺を見上げる。

『いや、ちょっと考え事……』

そのとき、地面が大きく揺れた。

『アロ、トレント！　俺の背に飛び乗れ！　何かが来るぞ！』

アロとトレントが、大慌てで俺の背に乗る。

地面が大きく持ち上がった。

「**ボォオオオオオオオオオオオオオオオオ！**」

世界が震えるかのような、悍ましい鳴き声が響く。

持ち上がった地面の下に、巨大な真っ黒の化け物がいた。いくつもの頭部が伸びており、頭によって目の数が異なる。


【『ザラタン』：L（伝説）ランクモンスター】

【異形の姿を持つ巨大亀。】

【人間からは大地の守り神として讃えられている。】

【人間や他の生物に対して敵対的な行動は取らず、ただ静かに悠久の時を生きている。】

【背からは人の欲を具現化したような植物や木々を生やすため、資源を齎し、人の願いを叶えてくれる神様だとされている。】

【だが、『ザラタン』の出没した地に住む人間は、堕落し、身勝手になり、争いを起こし、やがては滅びるという。】


びっくりした……！　なんだこの化け物は。

さっきの三本の木は、こいつの特性によるものだったのか！

【基本的に他の生物を襲わないが、自身の背の植物に害を為《な》した者には一切の容赦をしない。】

【怒り狂い、圧倒的な膂力と呪術によって対象を惨殺する。】

急に出てきたのは、それが理由かよ！

こっちはオリジンマターとの戦いを控えているんだ。こんなところで伝説級モンスターとぶつかるわけにはいかねぇ。俺はアロとトレントを背に乗せたまま、飛んでその場を去ることにした。

だが、亀の魔物は遅いと相場が決まっている。説明を見るに、攻撃力と魔法力に長けたタイプだ。そして頑丈なのは見かけからわかる。そうなれば、割りをくらって速さのステータスがかなり低めになっているものだ。振り切るのはそう難しくねぇだろう。

『主殿！　あの化け亀、高速で転がってこっちに向かってきておりますぞ！』

そんなことはなかった。

『ゆっくり休みたかったのに！　このンガイの森は、桁外れの化け物が多すぎるんだよ！』

そのとき、遠くに巨大な一つ目の巨人が見えた。黄土色の肌をしており、顔の上部と下部にそれぞれ大きく裂けた口がある。巨人はその奇妙な顔に、満面の笑みを浮かべてこちらへと駆けてくる。

『最悪だ！　空を飛んだせいで、ユミルにも見つかっちまった！』

……このユミルの森で気を抜いている余裕はないらしいと、俺は改めてそう実感した。

あとがき

作者の猫子です！　ドラたま第十三巻、お買い上げいただきありがとうございます！

今回の表紙はイルシアとトレントさん（ワールドトレント）そしてアロ（ワルプルギス）となっております！

実は背カバーの方にケサランパサランが、カバーソデのところにちらっと単眼の巨人ユミルが覗いております。皆様気付いていましたか？

実は後書きを書いている段階ではカバーイラストしか確認していないので、もしかするとユミルはカバーソデテキストで隠れているかもしれませんが……。

せっかく可愛らしくデザインしていただいたので、顔が隠れていないことを祈っております。でも、ちょっと位置怪しいかな……低めだから大丈夫だとは思うのですが……。

この第十三巻からレーベル移動ということで、ややこしくなってしまい、読者の皆様には申し訳ございません……。

この度、アース・スターノベル様からＳＱＥＸノベル様に作品を移籍する、という形になりました。特に内部で揉め事のようなことがあったわけではないのですが、信頼していた担当編集さんがレーベルを移ることになりまして、既巻通りのドラたまをこれからも読者の方々にお届けしたいと考えた結果、このような形になりました。

担当編集さんからも元からの形式を変えずにやれるように尽力しますと言っていただき、ありがたいことにイラストレーターの方にもこれまで通りにドラたまの担当を続けていただけることになりました。

今後もＮＡＪＩ柳田さんの美しいイラストでイルシアの物語をラストまでお届けさせていただきますのでご安心ください。

また、コミカライズ版については、今後ともコミックアース・スター様より続けていただくことになっておりますので、この点もご安心ください。

コミック版もリトルロックドラゴン騒動が完結いたしました！

スライムとの決着もド迫力ですので、まだ見ていない方はお楽しみください！

砂漠編では懐かしい獣人ニーナや玉兎が登場するので、今からとても楽しみです！

猫子

for reading

T h a n k   y o u

ど真ん中!
— 1月刊 — 好評発売中!
万能「村づくり」チートでお手軽スローライフ ～村ですが何か?～ 1
私、能力は平均値でって言ったよね! 14
勇者パーティーを追放された俺だが、俺から巣立ってくれたようで嬉しい。……なので大聖女、お前に追って来られては困るのだが? 1
転生したらドラゴンの卵だった ～最強以外目指さねぇ～ 13
読者さん・作品・作者さんの、一番楽しいレーベルです!
ノベル創刊!

大人の
エン
シリーズ続々刊行します!
悪役令嬢は
溺愛ルートに入りました!?
人狼への転生、魔王の副官 14
退屈嫌いの封印術師
～復活せし不死王たち～
雑用係兼支援術師は
パーティー追放に憧れる
～世間は追放ブームなのに、俺を
過大評価するパーティーメンバーたちが
決して手放そうとしてくれない～
マイナススキル持ち四人が
集まったら、なんかシナジー発揮して
最強パーティーができた件
わたしは
ふたつめの人生をあるく! 3
毎月7日発売!
SQEX

マンガUP!
毎日更新
名作&新作100タイトル超×基本無料=最強マンガアプリ!!
GC UP! 毎月7日発売
失格紋の最強賢者
~世界最強の賢者が更に強くなるために転生しました~
原作:進行諸島 漫画:肝匠&馮昊
(GAノベル/SBクリエイティブ刊) (Friendly Land)
キャラクター原案:風花風花
魔王学院の不適合者
~史上最強の魔王の始祖、転生して子孫たちの学校へ通う~
原作:秋 漫画:かやはるか
キャラクター原案:しずまよしのり
転生賢者の異世界ライフ
~第二の職業を得て、世界最強になりました~
原作:進行諸島 漫画:彭傑
(GAノベル/SBクリエイティブ刊) (Friendly Land)
キャラクター原案:風花風花
神達に拾われた男
原作:Roy 漫画:蘭々
キャラクター原案:りりんら
冒険者ライセンスを剥奪されたおっさんだけど、愛娘ができたのでのんびり人生を謳歌する
原作:斧名田マニマニ 作画:唯浦史
(GAノベル/SBクリエイティブ刊)
構成:渡辺樹 キャラクター原案:藤ちょこ
ここは俺に任せて先に行けと言ってから10年がたったら伝説になっていた。
原作:えぞぎんぎつね
(GAノベル/SBクリエイティブ刊)
作画:阿倍野ちゃこ
ネーム構成:天王寺きつね
キャラクター原案:DeeCHA
俺の現実は恋愛ゲーム??
~かと思ったら命がけのゲームだった~
原作:わるいおとこ 漫画:彭傑&奈栩
(Friendly Land)
キャラクター原案:夕薙
https://sqex.to/mup
※一部アプリ内課金あり

月刊ビッグガンガン
BG
毎月25日発売
BG COMICS ビッグガンガン 毎月25日発売
薬屋のひとりごと
原作：日向夏（ヒーロー文庫／主婦の友インフォス）
作画：ねこクラゲ 構成：七緒一綺
キャラクター原案：しのとうこ
シノハユ
原作：小林立
作画：五十嵐あぐり
父は英雄、母は精霊、娘の私は転生者。
原作：松浦（カドカワBOOKS）
作画：大堀ユタカ
キャラクター原案：keepout
ゴブリンスレイヤー
原作：蝸牛くも（GA文庫／SBクリエイティブ刊）
作画：黒瀬浩介
キャラクター原案：神奈月昇
怜－Toki－
原案：小林立
漫画：めきめき
史上最強の大魔王、村人Aに転生する
原作：下等妙人（ファンタジア文庫／KADOKAWA刊）
漫画：ごぼたみすほ
キャラクター原案：水野早桜
千剣の魔術師と呼ばれた剣士
作画：黒須恵麻
原作：高光晶（角川スニーカー文庫／KADOKAWA）
キャラクター原案：Gilse
BADON
オノ・ナツメ

Monthly Shonen
月刊少年ガンガン
GANGAN
毎月12日発売
GC 毎月12日発売
英雄教室
原作：新木 伸（ダッシュエックス文庫／集英社刊）
作画：岸田こあら
キャラクター原案：森沢晴行
おじさまと猫
桜井海
とある魔術の禁書目録《インデックス》
原作：鎌池和馬 作画：近木野中哉
キャラクター原案：はいむらきよたか
裏世界ピクニック
原作：宮澤伊織（早川書房刊）
作画：水野英多
キャラクター原案：shirakaba
戦×恋（ヴァルラヴ）
朝倉亮介
社畜さんは幼女幽霊に癒されたい。
有田イマリ
FINAL FANTASY LOST STRANGER
原案：水瀬葉月 漫画：亀屋樹
無能なナナ
原作：るーすぼーい
作画：古屋庵

SQEXノベル

転生したらドラゴンの卵だった
～最強以外目指さねぇ～　13

著者
猫子

イラストレーター
NAJI柳田

2021年1月7日　初版発行

発行人
松浦克義

発行所
株式会社スクウェア・エニックス
〒160−8430
東京都新宿区新宿6−27−30　新宿イーストサイドスクエア
（お問い合わせ）スクウェア・エニックス　サポートセンター
https://sqex.to/PUB

印刷所
中央精版印刷株式会社

担当編集
齋藤芙嵯乃

装幀
村田慧太朗（VOLARE inc.）

この作品はフィクションです。
実在の人物・団体・事件などには、いっさい関係ありません。

ISBN978-4-7575-7026-9　C0093

Printed in Japan